COBALT-SERIES

首領に捧げる子守歌

野梨原花南

集英社

目次

首領に捧げる子守歌

魔王

名をサルドニュクスという。かつてはサリタ・タロットワークという魔法使いだった。

スマート

自称・美貌の流浪の大賢者。魔法使い。サリタの師匠であった。

ティルファ

ホルイー姫の親友。最近、城を解雇された。

ギンガ

盗賊団の首領。街の中でティルファと出会う。

登場人物紹介

イラスト／宮城とおこ

首領に捧げる子守歌

第一章　八翼白金の深刻な苦悩

上も下も横も斜めもない空間に、古今東西《ここんとうざい》様々な印刷と装丁《そうてい》の本が乱雑に存在している。

それは全《すべ》て恋愛小説、あるいは実際にあった恋愛話だ。絵物語もあれば漫画もある。

本しかない空間に、唐突《とうとつ》に白と桃色の猫足の寝椅子《ねいす》があり、その上に寝そべっているのは八《はち》翼白金《よくはっきん》と呼ばれる魔王だった。

身長の倍もありそうな長さの白金の巻き毛と、それと同じ色の巨大な八枚の翼。完璧《かんぺき》な魔力の同化と制御《せいぎょ》を示して、その翼は整然と、完全な対称形で四枚ずつ背中についている。

少女とも少年とも、あるいは男性とも女性ともつかない印象の体つきで、薄い肌色の皮膚《ひふ》と白金に光る眼球を持っていた。

本性が人間なので、人間の形態が自然な魔王だ。魔王は魔力の集合体だが、それが依《よ》る本性によって自然な形態は変化する。石や水や光のような自然物のものもあるし、魚や動物、植物などの生命の場合もある。魔力はなんにでも依りついて、魔王を形成するのだ。何故かはわからないがそういう性質を持っている。

そうして生まれた八翼白金は、人間の時の性格や性質を強く残して存在していた。

寝椅子の上に寝そべって、恋愛小説を読んで涙を流し鼻を啜《すす》る。

「うわぁ、ミホ、かわいそううううう！　まさかケンジがお兄さんだったなんて！　ああ時代の動乱！　旧家の因習《いんしゅう》！　憎むべきは継母《ままはは》のアイコ！　書生《しょせい》のユウイチもよくないな……。あいつさえグズグズとユカリにひっかかってなければ……って、以下続刊かよ。どこの世界のだ滅ぼしてやろうかこんなところで切りやがって。しかしそうすると続きが読めないか。おっとそうそう、こっちの世界の王族の暴露本《ばくろぼん》が出てたっけ」

手を伸ばした先には革の装丁の本が現れ、八翼白金は疑問もなくそれを手にして開く。

しばらく黙ってそれを読んでいたが、やがて放り投げた。

「……つまらない……。終わる愛なんかどーでもいいよ……」

寝椅子に沈むように長く息を吐いて、八翼白金は伸びをする。

そういえば、と思いつく。

先日出逢《であ》った別の魔王とその連れ。

人間の寿命《じゅみょう》は魔王に比べてやたら短い。虫の寿命より短い魔王もいるが、それはあくまで稀《まれ》なものだ。

人間を供とするには魔王の寿命は長すぎるから、人間が本性の魔王は人間に近い魔族を側に置いて、慰《なぐさ》めとすることが多い。

そう八翼白金の魔王としての知識が知っている。

だが、あの魔王の連れは違っていた。

魔法の深淵《しんえん》に触れて、老化の速度が緩《ゆる》くなった人間。

そんな人間は稀だ。

たいていは魔法に耐えられずに死ぬ。

それに何より、他の魔王の連れだというのがいい。

横からかっさらうのは楽しそうだ。

あの黒い魔王どういう顔をするかしら。

とりすましやがって、気に入らないったらない。

鉄色の髪の人間が、我にメロメロになって、あの黒い魔王……十六翼黒色《じゅうろくよくこくしょく》というらしい
……に、背を向けて我の胸に包まれたら。

そう考えると、八翼白金は近来ない胸の高まりを覚えた。

「あの変化に乏《とぼ》しい顔のが、とりみだしたら面っ白いだろうなー」

けれどもこちらから接触するにはこの間逢《あ》ったばかりのような気がする。すぐにちょっかいを出しに行くのは、そんなに暇《ひま》なのかと思われそうでイヤだ。

暇なんだが。

ちょっとどこかで暇つぶしをしながら彼らが来るのを待つとするかと八翼白金は考える。

なにか。

どこか。

好みのもめ事。

ロマンチックなそれを探すため意識を広げようとして、引きつれるような違和感を感じる。

苛《いら》ついて顔を歪《ゆが》め、本の山の陰に置いておいたものに意識を向ける。

それを陰にしていた本の山が突然四散《しさん》し、空間中に鳥の羽ばたきのような音を立てて紙が舞った。

八翼白金は寝椅子を下りて数歩歩き、その前に立つ。

それは、手に入れ、自分と分離したときには漆黒《しっこく》の球体のはずだった。

けれども少しの時間のあとに、それは八翼白金の身体《からだ》の半分もありそうな精緻《せいち》な細工《さいく》の真っ黒な鳥籠《とりかご》と、その中にうずくまるこれも黒々とした羽毛の固まりの形に変化していた。

羽毛の固まりは、ちらりと見ただけでは鳥の死骸《しがい》の様だった。だがよく見ればその羽毛の固まりは、ただ羽毛の固まりなだけであって、鳥の体裁《ていさい》を為していないのがわかる。首もなくくちばしもない。目もなく翼もない。鱗《うろこ》のついた足もなく、尾羽も風切り羽もない。

これでは全《まった》く塵《ごみ》のような代物《しろもの》だ。

空間に乱舞する、紙のほうがまだ鳥に似ている。

鳥籠の細工にしても、一瞬視線を外した瞬間に意匠《いしょう》が変わる。さっきは葡萄《ぶどう》の葉と蔓《つる》だったのに、今は水流だ。

なんだか気に障《さわ》る。

鉄色の髪の魔法使いが何故か持っていた、黒い魔王の魔力の小さな玉。

それを媒体《ばいたい》に取りだした黒い魔王の魔力の大部分。

正確に言うと、魔力と魔王の意志とのつなぎ目の部分なのだが、これがないと魔王は魔力を使えない。人間の魔法使いと同等、あるいはそれ以下の魔力しか使えないだろう。

それを思うとざまあみろといい気分にはなったが、これだけ強大な魔力を自分の中に共存させるのはいかにも邪魔《じゃま》だった。自分の作ったこの空間の外に置いておいたほうがいいだろう。

かといって他のものに託《たく》すわけにはいかないし、どこかに隠しておくのも面倒だし。

「ああ、邪魔だな！　くそ！」

腹が立って鳥籠を蹴《け》ったら自分の魔力と鳥籠の魔力がぶつかって痛かった。

「なんだもう……！」

痛いなんて久しぶりだ。

それは少し愉快《ゆかい》だったが、でもやっぱり不愉快だ。

「……ふん……」

足下の黒い鳥籠を見下ろして八翼白金は考える。

あまり派手なことは出来ないか。こいつの扱いを考えなくてはな。

「まぁいい。時間ならお互いうんざりするくらいあるさ」

再度八翼白金は意識を広げ、見つける。

好みのどさくさを。

そこに向かって意識を合わせ、事象を把握《はあく》して、最も自分が好む場所に好む姿で降り立つ。

さぁせいぜい必死で見つけてみろよ。

黒いの、そして我の刻印をつけてやった魔法使い。

我はお前たちを、待って、待ちこがれながら人間たちの愛憎の渦《うず》に身を任せよう。


スマートは全身に錘《おもり》をつけられたような倦怠感《けんたい》に、身動きひとつとれずに宿屋のベッドに沈んでいた。

長い鉄色の髪はシーツの上に散らばり、四肢《しし》は今は力なく放り出されている。

だいたいここがどんな世界だか、どんな宿でどんな部屋なんだかもわからない。自分の魔法で渡ってきたのに、到着した途端気絶した。

とにかくだるい。

この感覚は知っている。過分な魔法を使ったときの揺り返しだ。

知ってはいるが、二度三度と味わいたい種類のものではない。

扉が開く音がして、誰か入ってきた。

「起きてるんですか?」

静かに扉を閉めて、小声で問われる。サルドニュクスだ。

「……あー」

唸《うな》るような声を上げて、それが精一杯だった。

「食べます?」

何か食べ物の匂《にお》いがしたが全《まった》く食欲が湧かない。何も欲しくない。

ベッドの横に立つ気配がした。

「失礼」

と、いつものようにそんなことは全く思っていないような口調で言われる。

何をされるのか疑問に思う余地もなく、額《ひたい》に手のひらを感じた。冷たい手。人間でも動物でも生命体でもないが、人間の振りはしているから体温は保っているのに、いつでも手は冷たい。

その手のひらから雷が放出され、スマートに落ちた。

衝撃と電撃にスマートの身体《からだ》がベッドの上で跳ねた。

何が起こったのか判《わか》らず茫然《ぼうぜん》とするスマートの視線の先で、サルドニュクスが自分の手のひらを見て小首を傾《かし》げた。

「……あれ？」

と不思議そうに呟《つぶや》いた。

たとえば医者が手術中にこんなことを言ったら？

そんな不安を煽《あお》る言い方だった。

少しの間のあと扉が叩かれ、サルドニュクスが向かって扉を開ける。

「お休みのところすみません、今、何か大きな音がしませんでしたか」

宿のものらしい男の声がした。調子からすると警備とか用心棒《ようじんぼう》とか、そんなところだ。

連れは僅《わず》かにも動じた様子もなく答える。

「ああ。窓の外で何か音がしましたね。雷が落ちたような」

「大丈夫《だいじょうぶ》でしたか。お嬢様《じょうさま》は驚かれませんでしたか」

お嬢様？　サルドニュクスめ、誰か連れ込んだのか。やるな。くそ、身体が痺《しび》れる。

「昼寝から起きてもいません。剛胆《ごうたん》な性質で」

どんな女だ。

「それはようございました」

「原因が何か分かったら教えてくださいね。僕も気になるので」

「わかりました」

なんて白々《しらじら》しい。

そうは思ったが任せるしかない。

扉が閉まる音がして、サルドニュクスが戻ってくる。

黒い髪と黒い目。服はここの世界に合わせてあるのだろう、今まで見たことがない服だ。薄い青のシャツと、茶色のズボン。それに短いケープは濃い青だ。こいつにしてはカラフルな取り合わせだとスマートは感心した。服は前にいたミジャンの世界よりも、自分たちのいた元々の世界に近い感じだ。今は二十代中頃の青年といった容貌《ようぼう》だが、それにしては態度がふてぶてしい。

それにしても焦《こ》げ臭《くさ》い。

ごほ、と咳《せき》をしたら黒い煙が出た。

サルドニュクス、十六翼黒色《じゅうろくよくこくしょく》という名の魔王は、雷を出した方の手のひらを見つめてまた開いたり閉じたりしていた。

なにをしやがるんだろう、と横目で見たら、視線に気がついたらしく答えた。

「……僕自身にも、僕が何が出来るのかわかんなくてですね。試行錯誤《しこうさくご》の途中なわけなんですけど。どうです？　ちょっと回復しましたか？」

言われれば、あのどうしようもない気怠《けだる》さは消えていた。身体《からだ》に力が入る。

意識的に何度も瞬きをしてまずは指を動かして握り拳《こぶし》を作ってみる。

いける。

起き上がる。

身体が軽い。

「おー！　ありがとよサルドニ……」

声が軽い。

あれ？

サルドニュクスの顔を見たら、心底面白そうに唇の端を上げていた。

スマートは自分の手を見る。

小さい。

カワイイ。

皮膚《ひふ》も柔らかい。

意志の通りに動く足も短くて、皮膚なんかきめ細やかだ。膝小僧《ひざこぞう》なんかぷくっとしちゃって。

でも俺様スマート・ゴルディオンは、女たちにモテモテの青年……イヤ、実際年齢はあんまり人には言えないけどまぁ、美青年のはずだ。前に一度女になったことはあったけどアレはやむを得ない事情があったしマジックマスターも関わってたし、それはともかく
「鏡!!」

と、スマートが言うと同時に、サルドニュクスはあらかじめ用意していたらしい手鏡を差し出した。

スマートはそれを両手で受け取って、見た途端ぶるぶる震えた。

「う、うわ、うわぁあああああ、なんだこれぇえええええ」

サルドニュクスは毛一筋も動揺《どうよう》せずに淡々と言った。

「親に頼まれて、親元まで連れていく親族という設定で宿屋には名を書いています。一応あなたの年は八歳ということで」

「ああああああそおおおおお」

そう言う声も高くて小鳥のようだ。鏡の中の自分は桃色の頬《ほお》と珊瑚《さんご》色の唇、鉄色の長い髪は腰近くまであり、瞳は髪の色よりも濃い鉄色だ。睫《まつげ》は上下とも人形のように生えそろっていて、眉毛《まゆげ》は気が強そうに上がっている。首の虹色の刻印がまるで飾りだ。よく見ると前髪が少し焦げていた。そして膝丈《ひざたけ》の簡単な寝間着《ねまき》。

「うはははははなんだよこれカワイコちゃんじゃねぇのさすが俺」

脂汗《あぶらあせ》を流し、顔を引きつらせながらもなんとかスマートは言ったが、フッと精神の糸が切れ

て鏡を横に置いて布団《ふとん》に突っ伏した。

それを待っていたようにサルドニュクスが言う。

「この世界あたりに八翼白金《はちよくはっきん》の気配がするからって、三翼銅《さんよくどう》に送ってもらった、というか、あなたの界渡《かいわた》りの魔法の実習も兼ねてここに来たわけなんですけど、二度あることが三度あっては困るので、僕が三翼銅に頼んでこうしてもらいました」

「……なんでだー……」

「そもそも、あなたが界渡りの魔法を開発した経緯もそうですが、女性絡みのゴタゴタが多すぎるんですよ」

ぎくりと胆《きも》を冷やしたスマートに、サルドニュクスはあくまで淡々と語りかける。

「挙げ句、先だってのカスガとの一件です」

カスガ。

いい女だと思って懇《ねんご》ろになったら八翼白金だった。酷《ひど》い目に遭《あ》った。

スマートは顔も上げない。

「その姿なら、そういったことはないでしょう。八翼白金に限らずね。少しゆっくりして体力が戻ったら、八翼白金を探しましょう」

しばらく俯《うつぶ》せていたスマートはがばりと起き上がると、ベッドの上に立て膝を立てて乱れた髪をかき上げてヤケクソのように言った。

「体力ならおかげで回復したよ。お前も魔力、全然なくなったってわけじゃなさそうだな。俺の持ち物は？」

「引き出しに」

指差されてみてみれば、部屋の内装が目に入った。

広い豪勢な部屋だった。

大きなベッドが二つとテーブルとソファ。化粧《けしよう》用の大きな鏡のある机に毛足の長い絨毯《じゆうたん》。緑と薄いクリーム色の、落ち着いた調度《ちようど》でいい宿だと知れた。掃除《そうじ》も行き届いて清潔だし、ちゃんとシーツも洗濯《せんたく》してある。

「煙草《たばこ》、取ってくれ」

「はい」

サルドニュクスが引き出しを開けて荷物の中から取りだしたのは、ミジャンの世界の紙巻き煙草だった。携帯には便利だからこれでいいやとスマートが持ってきたものだ。

スマートはそれを銜《くわ》えて、サルドニュクスが続いて差し出したマッチで火をつけた。

今までいたミジャンの世界の煙草は簡易で便利だが、紙巻きについている透過具が好きではない。

灰皿は宿備え付けの、石を磨《みが》いた大振りなもので、スマートは煙草を銜えたまま腕組みをしてあぐらをかく。

さーどうしよう。

確かに自分は女運が悪い。いや悪いと言っては今までの人生の麗《うるわ》しい花であるところの女性たちに申し訳ないか。と、いうか悪いのは俺だ。全部俺。俺が魅力的すぎるのが悪いんだ。ハンサムだし親切だし実力もあるし金もあるし地位もあるし。ああ罪な俺。

「何考えてるんですか」

サルドニュクスが訊いたが無視した。

まあちょっと、確かにアレかな。その場その場で相談とか乗りすぎかな。流れとかにもな。だってなぁ。女は大抵綺麗《きれい》でかわいいし、強くて素敵だ。でも、たまに落ち込むことだってあるだろうよ。そんなときに俺は、言えることもやれることもあって、それが結果的にゴタゴタするって言うのは、やっぱ俺が女たちにとって魅力的だからだろ。

「何考えてるんですか？」

サルドニュクスがまた訊《き》いたがまた無視した。

でも俺がなんで魅力的かって言えば、女たちが魅力的だからだ。色々教えてくれるし、尊敬の目で女を見れば、学ぶことだって多いさ。男とか女とかを越えて、大事なことは共通してるしな。服にだって髪にだって気を遣うのは、女たちに失礼がないようにだ。俺は魅力的だと俺は思うけど、それは女たちが教えてくれた魅力だ。

カスガだって魅力的だった。あの白い太もも。いい弾力だったし優しかった。

正体は八翼白金だったわけだけれど、それまではいい感じだったし。

「何考えて」

「やっぱ俺間違ってねぇ」

「間違ってます」

サルドニュクスにあっさりと断言されてスマートは言葉を無くす。

「いいですか。僕はただ、また、八翼白金とかその手下とかに何か巻き込まれたり、そうでなくてもゴタゴタしてる状態を利用されるのがイヤなんですよ。面倒だから」

「そんなの俺が気をつけりゃいいことじゃねぇか！　何もこんなことしなく」

「は？」

サルドニュクスが片目の下に皺《しわ》を寄せて言う。

その不穏さにスマートは目を見開いた。

「やる気もないこと言わないでくださいよ。灰が落ちますよ」

「ハイ」

言ってスマートは大あわてで煙草を消し、あっ今の洒落《しゃれ》じゃねぇぞとか言って、細かく顔の前で手を振った。

「とにかく、今はこれが一番いいと思いますから。しばらくこれで行きますよ」

「しばらくっていつまでだよ」

軽く前のめりになって言ったスマートに、サルドニュクスがフッと笑った。

「さぁ？」

なんだろうこの、ざまみろとか言われている感じは。

ま、いい。

別にいい。

何しろ俺だって、流浪《るろう》の美貌《びぼう》の大賢者だ。その気になったらこんな変化の魔法なんか自分で外してやる。

……すぐには難しそうだが。

ならばそれまでは楽しまなくては。

「なんか、食いものあるだろ」

「はい。豆と米の煮たのです」

どうぞと差し出された皿をぺろりと平らげてスマートは言った。

「サルドニュクス。金はあるか？」

「僕の財布《さいふ》と近くの盗賊《とうぞく》の金庫の空間を繋《つな》いでますが」

それは泥棒だ。が、まぁ盗賊の金庫ならいい気がする。なんだかんだ言ってられないし。

「よし、買い物に行くぞ。ピンクのフリフリのカワイイ服と、それに似合う靴《くつ》と帽子とリボンと着替えと鞄《かばん》と、あと煙草と煙管《きせる》だ。俺の着替えを寄越《よこ》せ」

「はいこれ」

と差し出された服は、灰色のかっちりしたワンピースと黒い靴《くつ》だった。飾りも何もない。

「三翼銅《さんよくどう》が適当に作ったんですけど」

「色気も素《そ》っ気《け》もねぇな。やつ、超コンサバだな」

「一応服の体裁《ていさい》を為してるだけがんばってくれましたよ」

その服を着て、見事にサイズの合わない靴を履《は》いて、スマートは外に出る。見かねたようにサルドニュクスが言った。

「ちょっと。靴の大きさくらいそれこそ魔法で変えたらいいでしょう?」

「イヤだ面倒くさい」

人気《ひとけ》のない宿の廊下《ろうか》で、サルドニュクスは呪文《じゅもん》を紡《つむ》いで靴の大きさを変えた。

以前ならこんなことは呪文もいらなかったのだが、その不便さがサルドニュクスには楽しかった。

「おっ、ありがとよ」

嬉《うれ》しそうにスマートは言い、サルドニュクスは微笑《ほほえ》みもせずに返す。

「どういたしまして」

そして街に出かけた。

第二章　毒かどうかは食って判断

街は着飾った人々ばかりだった。

暖かい空気、雲ひとつなく晴れた空。子供が昼寝から目覚めるほどの時刻だろう。

街路は煉瓦《れんが》で舗装《ほそう》され、馬車や馬が行き交う。窓辺に、街路樹に、店先に、色とりどりの花が咲いていた。おそらくこの地方は今が春なのだ。

ここは大きな街で、宿は繁華街《はんかがい》の中にあった。

浮かれた空気には理由があった。

外に出るときに宿の帳場《ちょうば》にいた従業員に、サルドニュクスが、

「この子の服と靴《くつ》を買いに出かける」

と告げたら従業員は、

「夕方のお城の内覧会用でございますか?」

と微笑《ほほえ》んで言った。

「内覧会……?」

僅《わず》かに眉《まゆ》を寄せるサルドニュクスに、蝶《ちょう》ネクタイの従業員は両手を軽く開いて見せた。

「おや、ご存じありませんでしたか。お祭りのようなものです。突然のご来訪でしたか？」

「ええ。本当はこの街に寄る予定もなかったもので」

従業員とサルドニュクスの会話を聞きながら、スマートはよしよしサルドニュクスにしちゃ上出来な会話だと内心頷《うなず》いたが、一瞬間が空《あ》いて会話が続かなそうだったので割って入ることにした。

「お祭りって何ですか？」

可愛《かわい》らしく言ってみたら、従業員が身をかがめて教えてくれた。

「やぁこれはお嬢様《じょうさま》。ここのお城の祭りですよ。市民たちもお城の大広間に入れる一年一度のお祭りです。王様のお振る舞いもあります。大人にはワイン、子供には砂糖菓子。食事もありますよ。どうです、行ってみたら」

「でも、みんな行ったらお城にはいりきれないんじゃなくって？」

つま先立ちで興奮した面持《おもも》ちで、でも少しモジモジした様子でスマートは言い、従業員はウインクをした。

「もちろん、あらかじめ王宮が発行したメダルがあります。これを持っていなければ入れませんが……」

従業員はそこでサルドニュクスに視線を転じた。

「当宿では、一枚五千ブリックで特別にお分けすることが出来ます。いかがでしょう、旅の思い出にお嬢様をお連れになっては？　ちょうど最後の二枚でございますよ」

「おにいちゃん、私行ってみたいなー」

親指を口に当てて上目づかいで言ってみたら、心底冷たい視線をぶつけられた。

「……では、二枚ください」

「ありがとうございます。それではお嬢様だけではなく、お客様も衣装《いしょう》をおあつらえになった方がよろしいでしょう。私が懇意《こんい》にしております服屋を紹介いたします。私の名を出せば、話もいろいろとつきやすいかと思いますよ」

従業員はさらさらと用箋《ようせん》にペンを走らせ、地図と紹介状を書いてくれた。

「いやいや百戦錬磨《れんま》で助かったぜあのオッサン」

道を歩きながら地図を眺めるスマートに、サルドニュクスが呟《つぶや》く。

「いくら上乗せしてるんですかね」

「お前、自分の金じゃねぇんだからいいじゃねぇかよ」

「そうですけど興味です」

そう言ったサルドニュクスの様子が楽しそうに見えて、スマートは笑う。

「へー。なんか楽しそうじゃん？　どうした？」

「別に。八翼白金《はちよくはっきん》に感謝はしませんが、自分の行動や言葉で誰も動かないというのは、とても楽ですね。常の僕だったら、誰か魔族がもう情報を囁《ささや》いたりしてくることもあるので」

「おお、そうだ、この世界は魔力とか魔族とかどうだよ？」

「ああ、見てみましょう」

サルドニュクスは歩みを止め、前髪を掻《か》き上げて虚空を見つめた。

風が吹いてサルドニュクスの髪や服の裾《すそ》をはためかせる。

行き交う人々は何か、違和感に気がつき視線をサルドニュクスに向けたが、特におかしな様子はないので怪訝《けげん》な顔をして通り過ぎる。

だが、そこここの家の中や道沿いで、小さな異変が起こった。卵が突然割れたり、植木鉢《うえきばち》がひっくり返ったり、街路樹の葉が一本全部一気に落ちたり、馬が暴れたり。

突風に、壁に貼られていた人相書きが剝《は》がれて飛ばされる。

あちこちで起こる小さな混乱に、スマートは胆《きも》を冷やしてサルドニュクスの腕を摑《つか》んで揺する。

「お、おい。いいよ、もう。やめていい」

サルドニュクスは緩《ゆる》やかに瞬きをして、視線をスマートに向ける。

「……ここには魔王はいないみたいですね。八翼白金はいても潜んでいるから判《わか》りませんけど、この世界の魔族は今は魔王がいなくて、力が弱いようです。魔法はありますね。僕らのもとの世界ほどではありませんが、ドリーの世界ほどなくもないです。カリカの世界も大概《たいがい》弱かったですけどね。魔法使いという職はあるんじゃないですか?」

「そ、そうか、ありがとよ。で、お前、今魔族は見えるのか?」

悲鳴や怪現象はまだ治まっていない。あちこちで悲鳴が聞こえ、街は不穏な空気にざわついている。

「いいえ。ここの魔族はいかんせん力が弱くて存在が薄いので。僕も今、力が弱いですし。ミジャンの世界にいた蛙《かえる》程度には力がないと……ああ、でも集中すれば見えるかな」

「い、い、いや、いいんだけどよ。あっでもあれか。多分お前が今意識広げたから魔族騒いでるんだと思うんだけど、落ち着かせられねぇかな?」

言われてサルドニュクスはほんの僅《わず》かだけ下唇を突き出して答えた。

「やってみましょう」

そして気負いのない言葉で言った。

「僕の眷属《けんぞく》。落ち着いて。なんでもないよ、大丈夫。驚かせたのなら謝ろう」

途端に街は静かになった。そのことでまた、人々はざわめく。道端の旅行者二人に目を止めるものはいるはずもなかったが、街角に身を潜めて見つめているものが一人いた。

だが、それに気がつかないスマートはほっと息を吐いて、サルドニュクスの腕を取って早足で歩き出す。

「やっぱお前一応魔王なんだなぁ。悪かった悪かった。もうあんなことさせねえよ。いこいこ」

「そのようですね。ここの魔族に挨拶《あいさつ》が出来たらしたいとは思うので、また夜になったら」

「あー好きにしろ」

そうして服屋に入った二人を、先刻見つめていた人物が追いかけようとして諦《あきら》め、店先に佇《たたず》んだまま二人を待った。

「んまぁなんてお可愛《かわい》らしいんでしょう!!」

まんざら上《うわ》っ面《つら》でもなさそうに服屋の店員がスマートを見て言った。あとで来ますから見繕《みつくろ》ってくださいと言い置いて、サルドニュクスは三軒隣の紳士服屋に向かう。店員のすすめどおり、白のシャツに黒の裾《すそ》の長い上着とズボン、バックルのついた靴《くつ》も買って、靴下も買った。帽子とコートも。

「あとは花屋で青の花でも一輪買われたら、手首のところに穴がありますから飾られては」

「ありがとう。そうしましょう。このまま出かけますから、服は預かっていてもらえませんか」

「宿にお届けいたしますよ」

そう算段をつけて戻ったら、スマートのまわりには女の店員が三人いて、きゃあきゃあと黄色い声を上げながらスマートに次はこれ、これと合わせてみて、こっちのはどう？　などと言いつつ仕事そっちのけで着せ替えごっこに励《はげ》んでいた。

当のスマートもまんざらでもないようで、にこにこしながらピンクや水色、黄色や薄い緑など華《はな》やかな色の洪水に飲まれていた。

「……着れる服は一着なんですが」

どうするんだろうと疑問に思って言ったサルドニュクスの言葉に、店員たちははっとしてかしこまり、スマートは小首を傾《かし》げて不敵に笑った。

「明日も明後日《あさって》も服は必要だろ。勘定《かんじょう》してくれ、おにいちゃん」

こう騒がれるのではもうちょっと幼くしてやらなければいけなかったかと、自問するサルドニュクスを尻目にスマートは女店員に言う。

「じゃぁ、お城に行くように支度《したく》してくれよ。残りは宿に届けさせてな」

そうして着込んだスマートの服は、ピンクと白の薄い布が重なって、たくさんの襞《ひだ》と細い長いリボンが飾るドレスだった。裾《すそ》には極彩色《ごくさいしき》で花の刺繍《ししゅう》がしてあり、髪にもドレスと同じ色のリボンが飾られた。そのリボンの端にはドレスの裾と同じ花のレース細工《ざいく》がついていて、動く度に揺れる。

お城に行くなら髪上げた方がいいんじゃないかしら、角に髪結いがあるから相談してみてねと送り出され、二人が店を出たらそろそろ夕刻に入りかける時間になっていた。

「あー面白かった！　店のお嬢《じょう》ちゃんたちがニコニコ俺を撫《な》で回すのはたまんねぇな」

「でももてているわけではないでしょ」

「ばっかそんなのはどうでもいいんだよ！　俺様の存在が女性の笑顔を呼び覚ましていれば俺は楽しいの。なにしろ流浪《るろう》の美貌《びぼう》の大賢者だ、人を幸せにする責任がある、俺様には。うん」

それはともかく時間ねぇけど髪結いに行ってみっかと足を向けた二人の前に、一人の少女が立ちふさがった。

「あのっ！　すみませんがお話を聞いていただけませんか！」

赤毛の少女だった。年は十五・六だろうか。赤毛をきっちり結い上げて、眼鏡《めがね》をかけていた。服は地味だが上等な生地《きじ》で色は臙脂《えんじ》。襟《えり》も袖《そで》もぴったりとしていて、いいところの令嬢《れいじょう》といういでたちだ。だがなんだか少しおかしかった。薄汚れているのだ。

サルドニュクスとスマートは足を止めてしげしげと目の前の少女を見つめたが、スマートが溜息《ためいき》を吐いて首を振る。

「売り込みかなんだか知らねぇが、あんた向いてねぇよ。足りないのは笑顔だ。そんなんじゃ誰も何も買わねぇよ。あと風呂《ふろ》入れ」

「宗教なら間に合ってます」

「壺《つぼ》もな」

「百科事典も」

「雑巾《ぞうきん》もだ」

「そんなのあったんですか？」

す、お願いを聞いて欲しいだけなんです、紅茶を飲むだけの時間をくださいお願いします！」


「ミジャンとこでな」

二人はそう言い合いながら少女の横を通り過ぎようとし、少女は慌《あわ》てて追いすがった。

「あの！　おいしいケーキと紅茶を奢《おご》ります！　すぐ近くで！　売り込みでも宗教でもないです、お願いを聞いて欲しいだけなんです、紅茶を飲むだけの時間をくださいお願いします！」

「急ぎましょう」

「髪結いってどこだ」

振り向かない二人の前に、少女はもう一度回り込んだ。

「あなたたち、魔法使いでしょう⁉　知ってますか、この国では魔法使いは昼間外を歩いてはいけないんです！　兵士に言ったら牢屋《ろうや》行きですよ！」

「僕は魔法使いじゃない」

「あたしもだもーん」

平然と言う二人に、少女は泣きそうに怒鳴《どな》る。

「さっき美貌《びぼう》の流浪《るろう》の大賢者って言ってたじゃないですか‼　そちらの男性は、さっきの騒ぎの大本《おおもと》ですよね！　しらばっくれようったってそうはいかないんだから！」

少女の声で人垣《ひとがき》が出来はじめていた。

これは面倒だ。

スマートは溜息《ためいき》を吐く。

「……ま、喉《のど》は渇《かわ》いてたとこだから。茶を飲む時間だけな」

少女はその返事に顔を輝かせ、頭を下げた。

「……ありがとうございます！　こっちです！」

さっきまでと裏腹に、弾《はず》むような足取りで、少女はすぐ近くの喫茶店に入った。

喫茶店の中は少女たちであふれていたが、奥の席がちょうどよく空《あ》いて三人はそこに腰を据《す》えた。

「ええと、何がいいですか？」

落ちつかなげにそわそわと言う少女に、二人はなんでもいいと答え、結果、ケーキの盛り合わせとローズティとアップルティのポットが二人の前に置かれた。ケーキの盛り合わせは皿からはみ出そうで、この店の一番人気らしかった。よく見てみれば、ほぼ全員がそれを前に楽しそうにお喋《しゃべ》りをしている。

少女は自分は何も頼まず二人に向かう。

「突然すみません。ええと、私はアリエンス・ティルファと申します。どうぞティルファと呼んで下さい」

「……ここの客、これ全部食った上で夕飯食うの？」

顎《あご》を上げ見下ろして盛り合わせをつつくスマートに、ケーキに手をつけようともしないサルドニュクスがどうでもよさそうに返事をする。

「それで痩《や》せたいとか言い出したら大層《たいそう》なもんですね」

「それ言わねぇ女に会ったことねえな」

「あのー、ケーキは残してもいいので、話を聞いてください」

困り顔でティルファが言い、二人は黙った。

では、とティルファが息を整えて語り出す。

「今、お城では、大変なことが起こっているんです。私、お世継《よつ》ぎのホルイー姫の友人なんですけど、近ごろなんだか城の中がおかしくなって。私も解雇されて家に戻されました。王様も、前とは違う様子だという話ですし。……ホルイー姫は夜眠るのが恐ろしいと私にしがみついて泣いておられました。私しか信用できないと。夜眠ると化け物たちがやってきて、姫のまわりを埋め尽くすそうなのです。その感触がいかにもおぞましいのに、目をさますことが出来ないと。姫様は別人のように憔悴《しょうすい》なさっておられて……」

頬《ほお》にクリームを付けてスマートは言う。

「でもよう、だったらなんで城の中に市民入れて内覧《ないらん》なんかすんだよ? 城の中に怪物がいて、妙なことが起こってるんならもっと影響があっていいだろうに、この街はわりと健全だぜ?」

ティルファは唇を引き結んで頷いた。

「怪異はまだはじまったばかりなんです。姫が怪異を感じたのは七日前。私が解雇されたのは四日前。私、調べたんですけど、この内覧会があるからかも知れませんが、出入りの業者たちで城に入って戻ってきていない人たちが多くいます。……私もメダルは手に入れました。これからお城に行くつもりです。でも、行くだけでは駄目《だめ》なんです。ホルイー姫を助けなくちゃ。だから誰かに助けて欲しかったんですけど、誰も私の言葉なんて本気にしない。私は気の病《やまい》で城から暇を出されたということになっているからです。家族ですらそう。この街のひとじゃだめ。だから私は街一番の宿の前にいて、力になってくれそうな人を待っていたの。それがあなたたちです」

ティルファァは眼鏡《めがね》越し、紅茶のような色の瞳でスマートとサルドニュクスを見つめた。

「魔法使いなんでしょう？」

「僕は違う」

サルドニュクスが言って、スマートが、

「あたし難しい話わかんなーい」

と言った。ケーキが半分なくなっていた。立ち上がると、ドレスの裾《すそ》を直して言う。

「まぁ、どっちにしろ城には行くつもりだから、ホルイー姫の様子くらいは見られるかな。あと、ティルファァは行っても多分入れてもらえねぇんじゃね？　そんな経緯なんじゃゃ」

窓の外では、夕日が落ちかかっていた。髪結いに寄る余裕《よゆう》はなさそうだ。

ティルファァは立ち上がる二人を見上げ、それからがっくりと肩を落とす。

やっぱり駄目《だめ》か。

どうしよう。

この人たちなら何か、なんとなくだけど力がありそうだから、どうにかしてもらえそうだと思ったのに。最後のお金もここの勘定《かんじょう》で消えるし。

ホルイー姫。

ホリィ。

私のおともだち。

私とあなただけの秘密の名前。

助けたいの。今日はチャンスなのに。どうしたらいいんだろう。考えなきゃ。泣いてる暇なんかないの。考えなきゃ。

そうだ、男の人がケーキ食べてない。残ってるならそれ食べて考えよう。すごくお腹すいてるし。

「聞いてる?」

突然言われ、ティルファは椅子《いす》から飛び上がりそうに驚いた。

視線を上げれば、そこには黒髪の男がいて、手を取られて金貨を一摑《ひとつか》み渡された。冷たい手だった。

「ぎゃっ！　なんですかこれ!!」

「だから、変装して後で来れば。これはその費用。終わったらここの横の路地で待ち合わせ。合い言葉はケーキ山盛り。わかった？」

ティルファは男の顔と、金貨の間を何度も視線を往復させ、頬《ほお》を染めて言った。

「はい!! ありがとうございます!!」

無駄《むだ》じゃなかった。

喜びに顔を輝かせるティルファに、黒髪の男は無表情のまま、鉄色の髪の女の子は苦笑を残して店を出て行った。

ティルファは小さく身体《からだ》の両側で握り拳《こぶし》を作る。

やった。

お金どうやって返そうとか、それは悪いけど後で考えよう。

今はホリィを助けなくちゃ。だから、これはありがたく使わせてもらわなきゃ。

ティルファは淑女《しゅくじょ》の慎《つつし》みを横に置いて、手をつけられていないケーキをぱくぱくと食べて紅茶を飲み干して手洗いを借り、顔と手を洗って髪を直し、勘定《かんじょう》をして外に出た。

街は浮かれた気配に満ちて、ざわめいている。

急がなくちゃ。

それにしても、金貨か。

もちつけない高額なお金に、ティルファは財布《さいふ》から一枚出して見つめる。

すごい。金色。当たり前か。

あれ。

ふと、金貨に浮き彫りにされた女神の髪に小さな傷がついているのを見つける。なんとなく違和感を感じて、もう一枚取り出してみる。ここにもあった。もう一枚。もう一枚、と見ていったら全てにあった。

なんだろう。

「あっ」

手が滑って金貨が一枚道に転がった。

「やだ、待って」

慌《あわ》てて追いかけると、誰かの靴《くつ》に当たって止まる。

「すみません、私のです」

その男は、金貨を拾って眺めていた。

返す気配がないのに焦《あせ》ってティルファは言う。

「拾ってくださってありがとうございます」

「……これ、お前のか？」

男は、金色の髪と水色の目をしていた。鍛《きた》えた体格で、マントのフードを頭から被《かぶ》っていた。

「ええ、そうです」

あの黒髪の男が渡してくれた金だ。返してもらわないと困る。

身体に力を入れてティルファは頷《うなず》く。

男は金貨を親指で撫《な》で、剣呑《けんのん》な視線でティルファの手首を摑《つか》み、路地に連れ込んだ。

「来い」

「……！　何を……！」

強い力で人気《ひとけ》のない路地の壁に押しつけられ、金貨を見せつけられる。

「ここに傷がある。これは、俺たちの金だ。どこから持ってきた。答えろ」

低い声で凄《すご》まれた。本来なら恐ろしいと思うところだろうが、ティルファの意識は男の低い口調や獰猛《どうもう》な様子にはなかった。

なんて綺麗《きれい》な水色の目なんだろう。

「天の井戸、ってご存じ？」

ぼんやりした口調で言われたティルファの言葉に、男は、

「寝ぼけてんのか」

と凄んだ。

「山脈のね、奥の方にあるというの。そこにはそれは透明な水が湛《たた》えられていると言うわ。きっと、こんな感じなのね……しかも、二つもあるなんて……」

「……なんの話だ」

ぼんやりしたティルファの様子に、男が困惑する。その間に、ティルファがはっと状況に気がついて、突然叫んだ。

「って、キャー!! 殺されるー!! たすけてー!!」

「こ、こら、女！ 黙れ！」

なんだなんだと人々が集まって路地を覗《のぞ》き込む。

「どうした？」

「なんかあったのか」

「まさか盗賊《とうぞく》のガラの一味じゃあるまいな」

男は舌打ちをすると、

「なんでもねぇ！ 痴話《ちわ》ゲンカだ！」

と言い、ティルファを力任せに引き寄せて抱きしめた。

「俺が悪かったよ！ お前以外の女に目移りするなんて。だからそんな声を出すんじゃねぇよ」

男の言葉は優しかったが、人々からは見えないティルファの右腕をきつく、痛いほど摑《つか》んでいた。

「ほら、落ち着けって……」

言いながらティルファの頭を優しく撫《な》でる。

ティルファは、その暖かさと優しさにぼんやりしてしまう。

その様子に、人々は去っていく。

しばらくしてから、男はティルファを突き飛ばすように引き離した。

「おい」

「きゃ」

「この金貨はどこから持ってきた？」

「私を助けてくれる人から貸していただいたの。あなたの、ってどういうこと？」

男は手の中の金貨をちらりと見て答えた。

「俺たちは手に入れた金貨には、こうして傷をつけてるんだよ。誰かが持ち出して使ったりしねぇようにな。金は天下の回りものだ。すぐには判《わか》らなくても、そのうち俺の目に止まるかも知れねぇと思えば、容易には使えねぇだろ。……これをお前に貸したやつはどこだ」

「内覧会に行ったわ」

ティルファはハッとして空を見る。夕焼けに赤く染まっていく。時間がない。

「私も行かなくちゃ。お願い、それを私に返して。全部済んだら私、あの人に返すつもり。でも今はそれが必要なの。ホリィが私を待ってるの！」

男はティルファの顔をじっと見つめていたが、

「ふん」

と鼻を鳴らし、フードを滑り落とした。

夕暮れの空、暗い路地で二人きり。

男は日に焼け、いくつかの傷が顔についていた。荒《すさ》んだ雰囲気《ふんいき》はあったが、それだけではなかった。量の多い金色の髪は後で一本に纏《まと》められ、やっぱり水色の瞳がとても綺麗《きれい》だ。

「仕方ねぇ、そいつは内覧会に行ったんだな？　俺も行く。お前、どいつだか教えろ」

「え？　いや、でも、私、出入り禁止で、だから」

「そんなパッとしねぇカッコじゃどうにもならねぇな。来い、俺が買ってやる」

熱い、大きな手でティルファの手を取ると、男はティルファを引きずるように歩き出した。

「え⁉　何⁉　なんです⁉」

「うるっせぇ！」

「待って！　キャー！」

だって私きっと顔が真《ま》っ赤《か》。

男の人とこうやって手を繋《つな》ぐのは初めてじゃないけど。

でも、この人に触れられてると、顔が熱くなるの。

どうして？

今日の太陽が、私の胸に落ちたみたい。

身体《からだ》が熱い。

どうして？

第三章　シンギンガンド城の宴

城の前には花屋がわんさと屋台で出ていて、その区域を通り抜けたらサルドニュクスは手首と襟《えり》に青い花を、スマートは白と赤とピンクと僅《わず》かばかり薄い紫と水色の花がふんだんに飾られていた。

代金はもちろん取られたが、そのつけ方は絶妙だった。服に負担をかけないように、生地《きじ》と同じ色の糸でしっかりとくくりつけられてある。

サルドニュクスは花屋に、手袋をした方が花が映えるかもと勧められ、洋服屋にポケットに入れられていた薄い白絹の手袋をはめた。

城へは階段で上る。人混みに飲み込まれそうになったスマートを、サルドニュクスは抱き上げて両足を揃《そろ》えて肩に座らせた。

「大丈夫《だいじょうぶ》ですか」

スマートは息を吐いてサルドニュクスを見下ろす。

「あー、身体《からだ》小せぇのは厄介《やっかい》だな、こういうときは」

「押すな押すなですね。入りきるんでしょうか」

そう言っているうちに行列は動き、城の中に人々は吸い込まれていく。

「で、どうだと思うよ?」

サルドニュクスの頭に掴《つか》まって小声で言うスマートに、サルドニュクスは少し考えて答えた。

「……いかにも八翼白金《はちよくはっきん》が好きそうだし、三翼銅《さんよくどう》がここに僕らを連れてきたということは、八翼白金がいるってことですし」

「そうそう。で、お妃《きさき》、王様、お姫様と。八翼白金がやりたがるのはどれかなって」

「他に登場人物はいないんですか」

「いるかも知れねぇけど、八翼白金が脇役をやるとは思えねぇよ」

「……人間に化けてるとは限らないでしょう」

「カスガのことを考えると、そうでもない。楽しそうだったからな。味しめたと思うぜ」

「味しめさせたのは誰ですか」

淡々と言われ、スマートは顔をしかめる。

「言うな、それを」

「ともあれ、空振《からぶ》りでなければいいです。その場その場で考えてやっていきましょう、いつもどおり」

「え、なんか棘《とげ》ない？」

「ないです」

即答が肯定に聞こえるのは多分気のせいではないだろう。

階段を上がりきると、きっちりと刈り込まれた樹木が迎える庭園があった。宵闇《よいやみ》が迫るのに合わせ、かがり火が焚《た》かれている。木の燃える香りが夜の冷たい風に混じる。

サルドニュクスはスマートを降ろし、手を引いて受付への列に並んだ。

偶然隣に並んだ少年にスマートは話しかけられ、にっこりと微笑《ほほえ》み返す。

「ね、君。僕お城に入るの初めてなんだ。君は？」

「あたしもよ。ドキドキしちゃうわね」

サルドニュクスは噎《む》せた。スマートは気にせずに話し続ける。

「ここのお姫様とお妃様って、とってもお綺麗《きれい》なんですってね。拝謁《はいえつ》できるかしら？」

「うん、多分おいでくださると思うよ。毎年そうだからね。でも、今年は王女様がご病気なんだって。無理なさらないといいんだけど」

「そうなんだー。あたし、旅をしているんだけど、ここはどう？　暮らしやすいの？」

「うん。いいところだよ。でも……最近なんか変なんだ」

「変？」

「うん……なにがってわけじゃないんだけど……なんとなく……。そうだ、君はどこから来たの?」

　スマートは微笑む。

　風が吹いて鉄色の長い髪と花とドレスを揺らした。

「ずっと遠いところから。長い旅をしてきたの」

　少しの間のあと、少年は動揺《どうよう》を笑みでごまかしてさらに問うて来た。

「……僕はアルドっていうんだ。よかったら、君の名前を聞かせてくれないかな」

　スマートは一瞬迷った。

　名乗ったら八翼白金に知られやしないか。

　だが、首筋の紋章があるかぎり、居場所は分かるわけだから……。

　いいか。

「あたし、スマート・ゴルディオンよ。よろしくね。中で逢《あ》ったらお話ししましょう。アルド、あなたダンスは踊れる?」

　ぐい、とサルドニュクスに突然手を引っ張られて小さく声を上げる。

「あっ、いやーん」

「ちょっと」

　サルドニュクスは身をかがめ小声で言う。

「色恋のゴタゴタに歯止めをかけるために、そんな姿になっていただいてるんですが?」

「話してただけじゃねぇかよおにいちゃま」

ニヤニヤと言うスマートを、サルドニュクスは凄《すご》むように一度睨《にら》んでそれから立ち直した。

「……とにかく、面倒を起こさないで下さいよ。次、順番です。受付したら中に入ります」

「へいへい」

列は進んで、サルドニュクスは二枚のメダルを案内係に渡して中に入る。スマートは一度振り向いてアルドに手を振り、アルドも手を繋《つな》いでいた母親らしい女性の身体《からだ》の陰から、身体を伸ばしておおきく手を振り返した。

城の中は、色を付けて焼いたタイルや彫像が彩《いろど》る豪華なものだった。入ってすぐの空間は天井が高く、いくつものシャンデリアに火が入れられていて明るく輝いている。人々のざわめきは華《はな》やいで広がる。

サルドニュクスは手に持った浮き出しのある紙を開いて、中を見る。

「このあと、飲み物の振る舞い、月の出を待って国王陛下《へいか》の挨拶《あいさつ》、乾杯、食事の振る舞いと同時に舞踏会《ぶとうかい》のはじまり。立っている青い制服の城のものに声をかけ、十人ほど集まれば城の中を案内してもらえるそうです。宴《うたげ》は夜の鐘と共に終わるそうで……どれくらいなんだろう」

サルドニュクスの横に立っていた、薄紫のドレスの婦人が微笑んで言う。

「旅の方かしら」

「はい」

「月の出から夜の鐘までは、三チーラほどですわ」

「チーラ?」

「この国の時間の単位ですわ。そうねぇ、昼食から午後のお茶までの間と考えればちょうどいいかしらね。……時間には、拘《こだわ》らない生活をなさっておられるのですね」

薄紫のドレスの婦人は、泣きぼくろのある目元を染めて微笑む。サルドニュクスは淡々と事実を告げる。

「ええ。時間は僕を縛《しば》りません」

「まぁ、素敵。ではその時間を私に少し下さらないかしら。踊りがはじまったら、一曲お相手お願いしますわね」

「あなたのお相手の方は?」

「うふふ、女友達と来てますのよ。お連れのかわいいお嬢《じょう》さんが、小さな紳士に連れ出されたらその間。予約させてくださいませね」

ひらりと長手袋の手を振って、女性は人混みに消えていった。

飲み物を配って歩く城のものから、酒の入ったグラスを二つ受け取って待っていたスマートが、サルドニュクスにグラスを差し出して言った。

「お前はもっと色恋に巻き込まれろよ」

「僕の愛は眷属《けんぞく》でいっぱいいっぱいです」

「その眷属は別にお前が何かと幸せになっても妬《や》かないと思うぜ」

「……そうですか？」

サルドニュクスは首を傾《かし》げる。

「愛するものの幸せは、本望だからなぁ」

「では、どうして嫉妬《しっと》や憎しみが？」

「色々あるんだよなぁ」

「きれい事だと言われたことは？」

「あるけど、まぁ理想って大事だろ」

「現実はそううまくいかないと、反論されたらどうするんです？」

「なんつーの、嫉妬や憎しみってのも色々あんだよねーって誤魔化《ごまか》しとく」

「誤魔化されませんよ」

「誤魔化されてくれるやつが、俺は好きだよ」

「好き嫌ぃの話ですか？」

「人生に必要なカテゴリーってつまりそれだけなんじゃねぇの」

暇《ひま》つぶしのように二人は会話をし、周囲を眺める。

着飾った市民たち。間を縫《ぬ》うように歩く城の給仕たち。バルコニーの上からも笑い声が聞こえる。

「ティルファは来ますかね」

サルドニュクスが酒に口を付けて言い、スマートが頷《うなず》く。

「来るさ」

楽隊が動き、ファンファーレが鳴り響く。そして、朗々と、通る声で告げられる。

「シンギンガンド国王陛下、並びに妃殿下《ひでんか》、並びに王女殿下の、お成ーり！」

ファンファーレがざわめきを圧倒し、場の空気が変わる。本来、明るく華《はな》やかになるはずの空気だったが、サルドニュクスとスマートが感じたのはそうではなかった。

「お師匠様《ししょう》」

「おうよ」

スマートに緊張が走る。

国王一家を迎え入れる音楽が盛り上がる中、出入り口がひとつひとつ閉じられていく。

「酒には口を付けない方がよさそうだな」

「別に普通でしたよ」

「お前の舌は当てに出来ねぇ」

人々が待ちわびる視線の先、二階部分のバルコニーに国王一家は姿を現した。

「国王陛下万歳《ばんざい》！　国王陛下万歳！」

と熱に浮かれて市民たちは迎えたが、久しぶりに見る国王の姿にその熱は下がり、声は無くなっていく。

「我が愛する市民たち。今日はよく来てくれたな」

その声は太く不明瞭《ふめいりよう》で、金銀や宝飾品が飾るその身体《からだ》は怪物のように膨《ふく》れあがっていた。背は馬の頭を越すほどで、団子《だんご》のような身体は背中に大きな瘤《こぶ》がついているのが着衣の上からでも判《わか》る。髪は黒く長く、けれど艶《つや》無く乱れて四方に立っており、暗い灰色の目玉が爛々《らんらん》と大きい。唇の端からは唾液《だえき》が絶えず垂れ、豪華なマントに染みを作っていた。

その腕に抱かれ、引きずるように連れてこられた枯れ木のような人間が、ホルイー姫だとは最初誰にも判《わか》らなかった。髪にも艶が無く、まるで白髪だ。だが王女がいつもつけている額《ひたい》飾《かざ》りを見て、誰かがまさかと言い、動揺《どうよう》が広がる。

王妃《おうひ》は悠然《ゆうぜん》と立っていた。銀のドレスにダイヤの飾り。薄い灰色の髪に月の冷たさの美貌《びぼう》。

「さぁ、宴《うたげ》を始めよう！　手に持った杯《さかずき》を飲み干すがいい！　それがお前たちの運命だ！」

先刻までは普通だったはずの城の者達の様子も変わっていた。目には光が無く、身体がフラフラと揺れて、やがて一斉《いっせい》に目を開けたままその場に倒れて泡《あわ》を吹いた。

市民たちは今度こそ悲鳴を上げる。そこここでグラスの割れる音がした。

「なんだ、我が酒を呷《あお》れないと申すのか市民ども！　ではよい、叫びながら我らの贄《にえ》となれい！」

王は割れるような声で高らかに宣誓《せんせい》し、それと同時に広間への扉が開き、そこから怪物たちが現れた。目が小さく、白目も瞳孔《どうこう》もない。服を着ていず両腕が床につくほど長かった。客たちは絶叫し閉ざされた扉に駆け寄って拳《こぶし》を叩きつける。

「ははははは!!　はははははは!!　愉快《ゆかい》である!!　余《よ》は満足じゃ!!」

王が両手を広げて笑う。

ふと、スマートは手を取られるのを感じた。

アルドだった。

真《ま》っ青《さお》な顔で、全身震えて涙を浮かべながらスマートに言った。

「ぼ、ぼ、ぼ、ぼくが、ま、ま、ま、もるから」

スマートは驚きに目を瞠《みは》ると、ふっと顔を歪ませて笑いアルドの頭を撫《な》でた。

「いいから。アルド、お前はお母さんを守ってやれ。お父さんは一緒《いっしょ》か?」

アルドは無言で何度も頷《うなず》く。喜劇じみて膝《ひざ》ががくがくしていたが、それでもへたり込んだりはしなかった。

「じゃぁ、一緒に守ってやれ。……お前、いい男だよ。俺は平気だからよ?　な?」

「う、うん」

言ってアルドは転がるように戻って行った。

「いい男だろ?」

スマートの言葉にサルドニュクスがスマートを見おろす。

「なんであなたが嬉《うれ》しそうなんですか」

「だって嬉しいじゃねぇか」

「行きましょう」

「おう。抱えろ」

「はい」

サルドニュクスはスマートを肩に抱え上げ、足を押さえて肩に座らせる。恐慌《きょうこう》を来《きた》し、出口を求める客の間を踊るようにすり抜けて一番前に出る。

「そういやこの身体じゃ、杖《つえ》が扱えねぇ。重てぇ」

「杖、いるんですか？」

「あったら楽だろ」

「じゃ、ナシで」

「かァッ、なんだお前」

「行きますよ」

「おう」

スマートが呪文《じゅもん》を紡《つむ》ぎはじめる。指先が空中に複雑な図形を描く。

「ここに全《すべ》ての材料は揃《そろ》っている。温度、酸素、可燃物《かねんぶつ》。そしてお前に反応する空気中の様々。さあ火の精霊、来たりて燃やし尽くし、我らの千倍の速度で君らの命のきらめきを見せつけろ。さて俺様が命じるぜ、我が名はスマート・ゴルディオン、そら、俺様のイメージに従って爆発だ!!」

スマートの小さな手が空中を撫《な》でるように薙《な》ぐ。怪物と市民の間に壁を作るようにだ。そしてその軌跡《きせき》に添って、連なる爆発が起き、王宮を揺るがす。

それと同時に正面の扉が爆破され一頭の馬が躍り込んだ。

「死にたくなかったらどきやがれ!!　邪魔だ屑《くず》ども!!」

高揚《こうよう》した笑みに彩《いろど》られた声が降ってきた。

その白斑馬は薄い金色の髪と水色の双眸《そうぼう》の男が手綱《たづな》を握っていた。男の腰には、赤い髪を下ろして胸が半分も出た濃い紫のドレスを着た眼鏡《めがね》の女性が必死に捕まっている。

壊れた扉をめがけて市民たちは雪崩《なだれ》を打って駆け出す。馬に踏まれて何人か怪我人《けがにん》は出たが、無事なものに担《かつ》がれ引きずられて逃げ出した。

スマートを降ろし、サルドニュクスが早足で壊された扉に向かう。馬上の眼鏡の女と視線が合う。ティルファだ。

来たのか。

僅《わず》かにサルドニュクスは微笑み、歩みの速度を落とさないまま扉にたどり着く。そしてポケットからペンを取り出すと、口の中で小さく呪文を唱えながら空中に縦にさらさらと呪文を書き付けた。空中に呪文はペンの文字として残り、サルドニュクスが顔の前で指を鳴らすと、床に散らばった扉の破片が宙を飛んでパズルのようにはまり、罅《ひび》も残さず修復された。

サルドニュクスは踵《かかと》を鳴らして半回転し、広間を見渡す。

バルコニーにいる王一家。

意識のない城のものが倒れ、先刻の爆発に焼かれて墨《すみ》になった怪物たちが転がる大広間。立ちこめるその煙と馬に乗った男と女。

広間は宴《うたげ》の飾りのまま人がいない。

楽団のものたちも皆機敏に逃げた。

素晴らしい機転だ。

サルドニュクスは満足する。僕が人間の王なら、そうして欲しいと心から願う。ここに魔族たちがいるならそうしてほしいと祈っている。自分の身は自分で守って欲しい。今はこの、異界の魔族を見る目を持たない自分だけれど。

磨《みが》かれた大理石の広間の床に、馬の蹄鉄《ていてつ》の音が響く。ぶるるといななないて、獣臭《けものくさ》い息を吐く。

「……なんてザマだシンギンガンド王……」

鼻に皺《しわ》を寄せ、馬の手綱を握った男が言う。男は粗末なフードのついた群青《ぐんじょう》色のマント姿で、靴《くつ》も荒れ野用の丈夫《じょうぶ》なものだ。けれどそんな姿でも、王宮の中にあって不思議と不釣り合いではない。薄い金色の髪は長く、獅子《しし》のように量が多く首の後でしっかりとひとつに結ばれていた。

「ギンガ、王を知ってるの？」

ティルファはギンガと呼んだ男の腰にしっかりと摑《つか》まったまま訊《き》く。

「……ああ」

ギンガは王を睨《にら》み付けたまま唸《うな》るように肯定する。

「なんだってそんなバケモノになったんだ？　中身がどうあれ、一応この国の王だろう。新しいカミサンに、変わった料理でも食わされたかよ!!　さぁ今日は記念すべき日だ、このギンガ様が、お前の誇りの王宮の床を踏んだぜ!?　ハハハハハ!!　どうだ、悔《くや》しいか、腹が立つか!!　どうした！」

だが王は何も言わずギンガを見おろすばかりだった。王妃はわずかに動揺《どうよう》を顔に出したが、王女はゆっくりと瞬きをしただけだった。

何も言わない王にいらだって、ギンガは怒鳴《どな》った。

「どうしたんだよ!!　何があったッてんだ!!」

王はふい、と、視線を外し、広間に背中を向けると、足音を響かせながらゆっくりと去っていった。王妃も広間を一瞥《いちべつ》して続いた。王は振り返らなかった。

ギンガはしばらく茫然《ぼうぜん》と、誰もいないバルコニーを見つめていたが、震えるほど強く手綱を握りしめ、背中を丸めて項垂《うなだ》れると、

「くそ!!」

　と吐き捨てた。

「……どーした兄ちゃん」

　スマートがギンガに向き直る。

「まるで捨てられた親父《おやじ》にようやく会えたのに、洟《はな》も引っかけてもらえなかったみたいな感じじゃねぇか?」

　ギンガが怒りを含んで手綱《たづな》を握り、スマートを睨《にら》む。

「なんだとぉ……」

「図星?」

「うるせぇよこのガキ。蹴《け》り殺してやる」

　ギンガがそう言って手綱に力をこめた時、ティルファがギンガを抱きしめて言った。

「待って!」

「なんだよ」

「この子、私の助《すけ》っ人《と》なの。乱暴しないで、お願い……!」

　涙を浮かべ、声を震わせるティルファの顔をギンガは僅《わず》かの間見つめ、それから手綱を持つ手の力を緩《ゆる》めた。

「……フン。わかったよ。全《まった》く、あれこれうるせぇ女だぜ」

「あっ、ありがとう……！　嬉《うれ》しぃ！」

「うるっせぇよ、いちいち！」

スマートはニヤニヤと二人を見つめ、それから言う。

「ま、馬、降りれば」

「悪ぃが俺は手配中なんでゆっくりしてらんねぇんだよ」

「いや、どうせ城は俺の連れが封鎖《ふうさ》しちまったから」

飄々《ひょうひょう》とスマートは言い、驚いて目を剝《む》くギンガは扉の前のサルドニュクスを振り向いた。サルドニュクスは事も無げに告げる。

「ええ、ここの扉を直すと同時にやりましたよ。さっきみたいな怪物がまだまだうようよいると思いますし。城下にあんなものを出したら大変でしょう。どこからだって、この城の外へは出られません」

サルドニュクスの説明に、ギンガは何かを言おうとしてやめた。

「魔法使いか」

サルドニュクスは答えずに肩を竦《すく》める。ギンガはそれを肯定と受け取る。

「……なるほどな。どっちみち城の人間は気絶してる。それなら兵士も役人も俺を捕らえには来ねぇだろう。この城にいるのは、ここにいる俺たちと王たちだけってわけだな」

答えたのはスマートだった。

「ま、断言は出来ねぇけど、今のところな。あと、さっきの怪物と、この綺麗《きれい》なお馬さんだけだ」

スマートは馬に近づくと、そっと鼻面《はなづら》を撫《な》でる。馬は人なつこい鼻息を漏《も》らして、スマートの頬《ほお》に頬をすり寄せた。

ギンガはそれを見て溜息《ためいき》を漏《も》らし、ひらりと馬から下りる。

「わかったよ。こいつにも階段昇らせて無茶させたしな。……おい女。来い」

手を差し出されてもティルファはどうしたらいいのか判《わか》らず戸惑った。ギンガは舌打ちを一つすると、ティルファの腰を掴《つか》み、ぐいと引くと自分の身体《からだ》で抱き留める。

「馬ぐらい乗れるようになれよな」

言われたティルファは真《ま》っ赤《か》になりながら床に足を着いた。

「は、はい。がんばります」

スマートはふーんと笑うと、ギンガとティルファに訊《き》いた。

「で？　とりあえず厨房《ちゅうぼう》と、あと馬と一緒《いっしょ》に休めそうな部屋を教えてくれ。まずは一休みして、それからだ。ここいる奴らは協力しねぇと、多分夜をこせねぇぞ」

スマートのその言葉に、ティルファはぞくりと自分の身体を抱きしめた。

どこかから怪物のうなり声が聞こえたような気がした。

この恐怖を越えて、でも、私はホリィを助けに行かなきゃ。

ティルファはそう自分に言い聞かせたが、忽《たちま》ち挫《くじ》けそうな自分にも気がついた。
夜はこれから、どんどん深くなる。

第四章　王宮に日は沈み

スマートとサルドニュクスは厨房《ちゅうぼう》に行き、栓《せん》の開いていない葡萄酒《ぶどうしゅ》とパンと食器類、チーズと果物《くだもの》を見つけて広間に戻る。ギンガとティルファは、馬に寝具を積んで戻ってきた。

炭になった怪物を、ティルファはドレスの裾《すそ》をからげておそるおそるまたぐ。

「無事の再会を、まずは喜ぼうか」

広間の中心に寝具を並べ、居心地《いごこち》をよくしてからスマートは言った。

腰を下ろして畳《たた》んだ掛け布団《ぶとん》にもたれかかる。手にはどこからか手に入れた銀の煙管《きせる》があり、手慣れた動作で煙草盆《たばこぼん》から煙草を詰めて火をつけて、高々と煙を吐く。

「あー……うめぇ……」

白とピンクのドレスの少女からは、予想できなかった振る舞いと雰囲気《ふんいき》にティルファは目を瞬いた。馬にブラシをかけていたギンガが舌を打つ。

「おい、ガキ。そんなもんはもっと年食ってからやるもんだ」

「あーん？　何よ、ずいぶん道徳的じゃねぇかお頭《かしら》。ま、俺としても喧嘩《けんか》とかは今は避けたいから目障《めざわ》りだったらやめるぜ」

「……キアが嫌がらなかったら問題ないがな。どうだ、キア？」

ギンガは言って、馬にブラシをかけ続ける。馬はギンガの目を見て何度か瞬いた。

「かまわねぇそうだ。なぁ、水はなかったのか？」

「甕《かめ》にいくらもあったが、使わないほうがいいんじゃねぇかな。井戸の場所は俺たちにはわかんねぇし」

「じゃあ、俺が行く。キア、ここで待ってろ」

ブラシを床に置いてギンガはそう言い、どこかへと迷いのない足取りで向かった。スマートが煙管を銜《くわ》えたまま、サルドニュクスに言う。

「ついてってやれよ」

「はい」

サルドニュクスがギンガのあとを追って、広間から消える。

ティルファは疲れを感じ、眼鏡《めがね》を外して鼻筋を中指で撫《な》でた。ここはとても静かだ。外の風の音がする。匂《にお》いは最悪だ。怪物の焦げた匂い。馬の匂い。煙草の匂い。こぼれた酒の匂い。冷えた食物の匂い。あとはなんだろう、よく判《わか》らない。

窓を開けたい。

とは思ったが、この大広間に窓は見えなかった。高いところに換気窓はあるはずだったが、開け方が分からない。

ぐったりしていたら、馬が糞《ふん》をした。

なんてこと。

ティルファは頭を押さえた。

「……ちょっと、何か、布とか桶《おけ》とか持ってきます」

「食器なら広間の端に山とあるし、ナプキンもあるぜ」

え、ととまどいを見せたティルファに、スマートは自分に飾られた花をむしり取りながら笑った。

「いいんじゃねぇ？　馬も……キアって言ったか。キアも、汚ねぇのはイヤだろうしな。手伝うよ」

ナプキンと食器で処理をするのは抵抗があったが、今はそうも言っていられない。

本当は昔過ごした個人部屋で眠りたかった。心地《ここち》よいベッド、美しい調度《ちょうど》、清潔な部屋。

けれど今はとうてい部屋にこもる気になれない。

ギンガやスマートに言われるまでもなく、何があるか判らないから、全員でこの見通しのいい大広間にいるのがいいだろうとティルファも思う。

臭《にお》うものを広間の隅に置いて、ティルファは息を吐く。

「……藁《わら》とか、あったほうがいいのよね、きっと……」

「そりゃな。でも、厩《うまや》は外だし。ああ、そういや厨房《ちゅうぼう》に焚《た》きつけ用のが少しあったな。足りなかったら人間用の寝具でも、無いよりマシかな？　柔らかいもの踏んであぶねぇかなぁ。どっちにしろ、キアの世話用に布はもう少しいるかな……」

「じゃあ、もっと取りにいきましょうか。キアを連れて」

「キアが動くかな？　ギンガがいねぇと……」

「行きましょう、キア。一人でいたらあぶないわ」

言ってティルファが手綱《たづな》を取ると、キアはおとなしく歩き出した。

スマートは楽しそうな声を漏《も》らし、煙管《きせる》を持ったままついていく。

王宮の廊下《ろうか》を歩きながらティルフィに訊く。

「なんでギンガと一緒《いっしょ》に来たんだ？　あいつ、何者だ？」

「わかりません。……そうだ、あの、いただいた金貨って、どうやって手に入れたんですか？」

スマートは現在の容姿を生かして無邪気《むじゃき》に笑う。

「あーんあたし、お金のことわかんないのよねー。両替所じゃないかしら？」

ティルファはうーんと考え込んで言う。

「そうですよねぇ。でも、見てみたらいただいた金貨に全部、同じところに傷があって。ギンガはそれが、ギンガたちのお金の印だって言ってて……。あ、たまたま金貨転がして、拾ってくれたのがギンガなんですけど、彼、金貨見て、これは俺たちの金だとか言って」

スマートは無邪気な笑いのまま一瞬なんと言おうか迷った。

「っとー」

まずい。

サルドニュクスがつないだ盗賊《とうぞく》の金庫。そこからあの金貨は持ってきている。で、ティルファの話からすると、ギンガはその盗賊の一味だ。役人に追われているとか言ってたし。

するると、ギンガにとって俺たちは泥棒なわけで。

まぁいい。しらばっくれるか。

「そのドレスよく似合うぜ」

肚《はら》を決め、別の話を振る。

ティルファは嬉《うれ》しそうに頬《ほお》を染めて笑う。

「本当ですか？　うれしいな。胸がスースーするんですけど……」

「いいんじゃね？」

「うふふ。おかしいんですよ。ギンガったら、洋服屋に私を連れて入るなり、こいつの窮屈《きゅうくつ》なドレスの代わりに似合うやつを見繕《みつくろ》えって言って。自分はソファに座って、何着か着せられて、これを着たら、よし、これだとか言って。なんでもかんでもすぐ決めちゃうの。私、あんな人初めて」

ティルファは楽しそうにクスクス笑う。

「ああ、ホリィに話したいな。紹介したい。……ね、スマートさん」

ふと暗く沈んだティルファの声に、スマートは煙を吐き出して答える。

「なんだ」

「……王様が抱いてたの、ホリィじゃないですよね……ほかの、なんかですよね……？」

髪は藁《わら》のようで身体《からだ》は枯れ木。目には光が無く、何をも映していなかった、出来の悪い人形のような。

ティルファはひとつの扉を開けると、廊下の燭台《しょくだい》から火の灯《とも》された蠟燭《ろうそく》を取って室内に入る。三《み》つ叉《また》の燭台の蠟燭にいくつも火を灯《とも》して部屋を照らす。

その部屋の壁には、一枚の絵が飾られていた。

黒髪で逞《たくま》しい体つき、強い目の光が印象的な髭《ひげ》の男は王だろう。その隣には、先刻見たのと違わない王妃《おうひ》の姿。その逆側には、穏やかな微笑みの蜂蜜《はちみつ》色の髪の少女。

少しふくよかで、優しい姿だ。折れそうな腰という表現とは遠かったけれど、抱きしめて柔らかそうな、そして楽しげに笑ってくれそうな少女だった。

「これが、ホリィなの。私の、ともだ、ち、の」

ティルファは唸《うな》るように言った。それから細い肩が震え、涙声になる。

「ねぇ、スマートさん。ホリィ、助けられるよねぇ。私、何かできるかなぁ。私、何かの役に立つかなぁ。なんでもするから、なんでもしたら、ホリィ助かるよねぇ」

ティルファが落ち着くまで待って、スマートは煙管《きせる》を銜《くわ》えて両手を空け、ソファにかかっていた高そうな布を剝《は》いで丸めて渡した。

「ほい。鼻拭《ふ》け」

背伸びをして渡されたそれを、ティルファは受け取り、抱きしめて鼻水と涙を拭《ぬぐ》った。

「俺も、こんなとこに長居する気はねぇよ。まぁ、今夜は状況もわかんねぇし、何より暗いからな。城内うろつくにゃ、不案内でかなわん。今夜はゆっくり寝て、夜が明けたら打って出る。が、まぁ今夜なにもねぇとも限らんけどな」

眼鏡《めがね》を押し上げて拳《こぶし》で目元を擦《こす》り、ティルファは言う。

「ありがとう。スマートさん」

「どっちにしろ、王か、王を操ってるやつと対決しないとどうしようもねぇんだ。お姫様もついでに助けるさ。まかせとけ」

スマートはティルファにそう言って片目をつぶってみせる。

ティルファは布を丸めたものを抱きしめて笑った。

「ねぇ、スマートさんって、見た目通りの年じゃないんでしょ？　魔法使いだもんね」

「ああそうさ。実は百歳を越えてる。ほんとは腰の曲がったジジィだ」

「それでもいいわ。ありがとう。私、サセンタになった気分。なんてついてるのかしら」

「サセンタって?」

「おはなしの主人公。お母さんの形見《かたみ》を探しに出て、一番最初に逢《あ》ったのがいい魔法使いで、それから二人で旅をするの。そのあと、鴉《からす》や、豹《ひょう》と出逢《であ》って長い旅に出るのよ」

「へぇ。暇《ひま》ならあとで話してくれ」

「いいわよ、あのね」

「おっと……やることやって、落ち着いたら、だ。この部屋の明かりを消して。キアが持てるだけの布を集めて」

ティルファは頷《うなず》く。

「はい。……ね、私にも扱える武器とか、あったらいいんだけど……」

「あるさ」

スマートは、ティルファの胸を指す。

「ここに」

ティルファは指先と、スマートの顔と、自分の胸を見て言った。

「おっぱい?」

「アホかお前……あ、いざとなったらいいかな。いいかもな。よしティルファ覚悟しとけ、いざとなったら色仕掛けだ!」

「はい! やりかたわかんないけどがんばるぞ、おー!! ……え、ど、どうするの……?」

ティルファは元気よく拳《こぶし》を突き上げてから、おろおろと訊《き》いた。

広間に戻ったら、サルドニュクスとギンガが水の桶《おけ》を二つと藁束《わらたば》を持って待っていた。

「どこ行ってやがった!!　心配させんじゃねぇよ!!」

ギンガが怒鳴《どな》り、ティルファが緊張もせずに答えた。

「ごめんなさい。キアの寝床にいいかなと思って布をもっと」

「俺たちにまかせろ、そういうのは。ほらキア、水だ」

スマートは何かニヤニヤしていたが、床に敷いたクッションの上に座ると、煙管の灰を落として新しい煙草《たばこ》の葉を詰めて火をつけた。

「城内はどうだった」

サルドニュクスは背筋を伸ばして立ったまま答える。

「どうということもありませんね。城のものは広場に限らず持ち場で倒れて動きません。怪物の気配もない。……王の部屋には、僕とギンガだけで行くのもどうかと」

「そうだなー」

サルドニュクスの判断にスマートは頷《うなず》いた。

サルドニュクスとギンガでも、ひょっとしたらなんとかなるかもしれないが、問題はホルイー姫の救出だ。サルドニュクスとギンガなら、間違えてホルイー姫がどうにかなっても、あっ間違えたで済まされてしまいそうだし。

「ギンガと何か話した？」

その質問に答えたのはかいがいしくキアの藁《わら》を広げてやっているギンガだった。

「何も会話してねぇ。楽でよかったがな」

「愛想のないやつで済まんな」

スマートが言い、サルドニュクスが眉《まゆ》一つ動かさずに続ける。

「話がしたかったら自分から話しかける勇気も必要だよ」

「したくねぇよ、別に！」

苛《いら》ついた言葉をぶつけられたが、スマートもサルドニュクスも気にしなかった。

「あっ、じゃぁー、ご飯にしましょうよー。私お腹《なか》がすいちゃって……。あと、ちょっと換気していただけません？　無理かしら」

「いいよ」

サルドニュクスは言うと、一枚の天窓の下に歩いていって、ペンで空中に文字を書いた。その文字は蛇《へび》のようにくねりながら昇っていって、見えなくなった。それをもう一枚繰り返す。

それからサルドニュクスはギンガに言う。

「天窓を開ける仕掛けはどこかな」

「俺が知るか」

「厨房《ちゅうぼう》には迷わず行けたのに？」

「知らねぇもんは知らねぇよ」

「私、わかるかも。多分ですけど……」

ティルファが立ち上がり、ギンガが声をかける。

「おい、ひとりでフラフラすんな」

スマートが立ち上がり、ティルファと歩き出す。

「あー、俺がいこう。サルドニュクス、飯の支度《したく》しておいてくれ」

「わかりました」

ティルファとスマートは早足で広間を出て行き、残ったサルドニュクスは二人を見送るギンガに言う。

「気になる？」

「何がだよ！」

ギンガはまた怒鳴《どな》った。

天窓が二枚開けられて、ずいぶん換気できた。

結局操作部屋をティルファは見つけられて、回せるハンドルを二つ回して帰ってきたのだ。

匂《にお》いも暑さもずいぶんマシになったが、少しばかり寒くなってきた。細長い飾り布をティルファは肩にかけ、胸元を隠す。

皿に切り分けられたチーズとパン。グラスに注がれたワインと水を全員の前にサルドニュクスは置いて、なんとなくそれで食事になった。

キアはギンガの後に敷かれた藁《わら》に座り、静かにしていた。

桶《おけ》で手を洗えて少しすっきりしたティルファは、パンとチーズを交互に食べて水で流し込む。

「で、ギンガ？　お前、俺たちに話しておきたいことってねぇの？」

スマートが言い、ギンガは鼻に皺《しわ》を寄せてスマートを睨《にら》んだ。口の中のものを飲み込んでから答える。

「お前らこそ」

「え、ないぜ？　だって俺たちこの街に来たばっかだし？」

肩を竦《すく》めるスマートに、ギンガはケッと吐き捨てる。

「お前みてぇなナリと年のやつが『俺』かよ。で煙草吸って魔法使いだ？　うさんくせえにも程がある。あと、そっちの黒いのも変だろう」

床に座ってはいるものの、背筋を伸ばし、白手袋をしたまま食事に手をつけていないサルドニュクスが首を傾《かし》げる。

「僕が？　どこが？」

どこが、と訊《き》かれればギンガは言葉に詰まった。が、少し迷って堂々と言い放った。

「そんなんわかるか。なんかだ、なんか！」

サルドニュクスはくすりと笑って言い返す。

「ひどいな。根拠がない。僕はどこも変わったところがない」

「うるせぇよ。自分で変わってねぇって言うにしちゃ、お前なんか変だ。……気配？　そう、気配だな。なんだ、あー、人間離れしてる感じがするぜ。気持ち悪ィ」

「ほんとにひどいな」

言いはするが気にした様子はない。

「そうだ、この女が持ってた金貨はお前らが持ってきたもんだって言うな。あれは俺たちのもんだ。目印があるんだ」

スマートとサルドニュクスは一瞬黙って、それから同時に言った。

「知らねぇな」

「知らないよ」

そして二人で顔を見合わせて話し合う。

「両替所で混じったんじゃねぇかなぁ」

「纏《まと》めて替えましたからね。同じ傷があるものが纏まってたら、僕らに纏まってきてもおかしくないですよね」

「だってなぁ、あそこ以外で金手に入れてないもんな」

「そうですよね」

ギンガは腕を組んで顎《あご》を上げる。

「へー。そうかい。両替所な。じゃあ訊《き》くが、両替所の所員は何色の髪のやつだった？　胸はねぇが、脂《あぶら》の乗った年増《としま》だったろ。いつもそいつの窓口だけ行列が出来る」

サルドニュクスとスマートは顔を見合わせ、ティルファを見て、また同時に言った。

「赤」

「ふざけんな、両替所の窓口は一つで、ハゲの親父《おやじ》だ!!　お前ら俺たちの金を盗んだな!!　どうやってだ、詳しく話せ、そのあとで拷問《ごうもん》だ!!」

「まぁまぁギンガさん、とりあえずそれはおいといて、ごはんたべて、ホリィを助けてくださいよ」

ティルファがパンを食べながら言って、ギンガが眦《まなじり》を吊《つ》り上げる。

「お前もお前の都合だけで動くな」

「えっ、それは無理です。だって、ギンガさんはホリィを助けてくれないでしょう？　私は、スマートさんたちが盗人《ぬすっと》だろうが詐欺師《さぎし》だろうが、ホリィが助かりさえすればそれでいいんで。あ、ついでに言うと、私はギンガさんが盗賊でも王子でもなんでもいいですよ」

「……なんだと？」

　ギンガがティルファの顔を見て固まる。

　ティルファはたまたまパンを口に突っ込んだところだったので、よく嚙《か》んで飲み込んでから言った。その間全員黙って待っていた。

「私は、友達のホリィを助けたいだけなんです。ホルイー姫じゃなくて。とにかく、なんでもいいんです」

　思い詰めた目をして語るティルファの頭に、ギンガが乱暴に手を置く。

「ハッ。俺は俺だ、ギンガだ。乗りかかった舟だ、俺の倉庫の泥棒を見つけるついでに、姫の一人や二人助けてやるのなんか簡単だ。それに、王のあのザマァなんなんだ？　わけがわからねぇことが王宮で起こってるってのは、気持ち悪いからな。俺が……」

　ギンガはそこまで言って、ティルファが何か感激した顔で見つめて涙ぐんでいるのに気がついて、慌《あわ》てた。

「バカ！　なに拝《おが》んでやがんだ!!　別にお前のためじゃねぇって言ってンだろ!!　やめろ気持ち悪ィ!!」

「ギンガさんってほんといい人ですね。ありがとうございます」

「聞いてるか人の話！　お前さては頭が悪いだろう!!」

「もう私、ギンガさんのお嫁さんになりたいくらい。こんないい男いません」

「俺は願い下げだ!! お前みたいな変な女と誰が!!」

「あっそうだ、スマートさん。こんな時こそ色仕掛けの出番ですか?」

突然問われ、スマートはニヤニヤと頷《うなず》く。

「行け行け。やっちゃえ」

「色仕掛けって何する気だ!!」

慌てるギンガともそもそとドレスの胸を開けようとするティルファ、悠然《ゆうぜん》と煙草《たばこ》をふかすスマートのどれにも気をとられた様子もなく、サルドニュクスはぼんやりどこかを見ている。

「外れないなーこれ。えいえいっ。よし外れた。はいギンガさん、粗末ですけど胸でも見てください。スマートさんによると、女性の胸を見て和《なご》まない男性はいないそうです」

「貴様《きさま》恥ずかしくないのか!! 出すな!!」

顔を真《ま》っ赤《か》にしたギンガに怒鳴《どな》られ、ティルファは少し考え込んでから胸を隠して苦笑した。

「他に出来ることがないし……それにギンガさんならいいかなって」

「ほ、ほ、ほ、他にもとりあえずいるだろう、あの変なガキと変な黒いのが」

ギンガはスマートとサルドニュクスを指差し、ティルファは、ああ、と頷いた。

「スマートさんはとりあえず女の子ですし」

「と、とりあえず？」

「サルドニュクスさんは、あっはっは、私に興味なんか埃程度《ほこり》もありませんよ」

「じゃ、俺がお前をこの城のどこにでも連れ込んで何かしたらどうすんだよ」

凄《すご》んで、低い迫力のある声でギンガは言った。今まで何人もの屈強な男たちを退けてきた迫力で。自分は悪鬼《あっき》のように見えるはずだ。どんな乱暴をされるかわからない。そんな。

だが、ティルファは困ったこどもに対するように、小さく肩を上げ下げして溜息《ためいき》を吐いた。

「だから、私、ギンガさんならいいって言ってるじゃないですか。私にも事情があってですね。私、色々あって実家からもちょっとおかしいって思われてるんですよ。ましてや、今ここにいるってことは、無事に戻っても、この夜を無事で越したわけがないと思われるでしょうね。ホリィを助けたとしても、それで大臣とかに表彰されたとしても、なにか偉い称号を授かったとしても、いろいろ言われ続けるわけですよ。まぁいつでもみんななんか言いますけどね。何かやっても言う人は言うし、何もしなかったら言われないかもですけど、私、とにかくホリィを助けたいですしねー。だから、いいんです。それで、ギンガさんがホリィを助けてくれる気になるためなら色仕掛けとかもいいんです。ましてやギンガさんなら私いいんです」

言いたいだけ言えた、と満足そうなティルファに対して、ギンガは何度か口を挟《はさ》もうとして失敗していた。

「バカか。なんで俺ならいいんだ」

「えー。そりゃ、なんとなくですよ」

「おい、話が通じねぇ。誰か助けろ」

ギンガはスマートとサルドニュクスに助けを求めたが、二人はどこからか持ってきたカードでゲームをしていた。

「がんばれ。おい、サルドニュクス、青出せ」

「あなたは五を出してください」

「負けるじゃん」

「青出したら僕が負けるじゃないですか」

どういうゲームか判《わか》らないが、成立しているようだ。もちろんギンガはそんなことはどうでもよかった。

「助けろって！」

「ボタンがねーもうひとつ外れるといいんですけどーえいえいっ」

「おい!!」

悲鳴じみたギンガの声が、なにかの叫び声で掻《か》き消えた。

そして広場の奥の扉が爆発音と共に掻き消え、大量の粉塵《ふんじん》が広間を埋めた。

第五章　夜は進む

爆発音に、反射的に身が竦《すく》んで固まる。うずくまって目を閉じてしまう。ティルファは震えながら目を開ける。こうしていてはなんにもならない。怖いとか思ってたらいけない。でも怖い。でもダメ、怖がってちゃダメ。

目を開けたらそこにギンガの胸があった。自分を庇《かば》って、抱き込んでいてくれた。そう気がつけば背中にもギンガの傷だらけの逞《たくま》しい腕が回されていた。

「チッ。眠ろうなんてのァ、甘かったか」

ギンガは憎々しげに毒づく。

キアは賢く爆発を避け、壁際にいた。爆発音の余波でキンキンする聴覚の中、蹄《ひづめ》の音が遠くする。

「キア、そこにいろ！　ガキ！　黒いの！　この煙なんとかしろ！」

マントの襟《えり》を引っ張り上げて口元と鼻を覆《おお》い、ギンガは叫ぶ。

「おう、そんなでかい声出さなくてもそうするさぁ」

可憐《かれん》な声がゆったりとそう告げ、確かに粉塵《ふんじん》は素早く消えていった。

視界が明らかになれば、スマートが吹き出す煙管《きせる》の煙が、ありえない速さと広さで広がって粉塵を追いやっているのが判《わか》った。

スマートとサルドニュクスは街角にでも立っているのかというさりげなさで、侵入者に対峙《たいじ》していた。

「……あー、なんだ、お前かよ。ま、お前がいるってことはアタリかな？　ようよ、八翼白金《はちよくはっきん》に逢《あ》わせろよ。まんざら知らない仲じゃねぇんだぜ？」

スマートがそう言って、サルドニュクスは相手に視線を向けたまま問うた。

「誰ですか」

「カリカんとこの……ってお前寝てた時だよ」

「あー」

唸《うな》り、涎《よだれ》を垂らしてのそのそと落ち着きなく動いている怪物たちに囲まれて、侵入者は口元に笑みを浮かべて立っていた。

真っ白なローブを着て、髪は白銀で巻き毛。まるで飴細工《あめざいく》のように、雲のように頭に乗っていた。褐色《かっしょく》の肌で、瞳は金色だ。年の頃は二十の半《なか》ばごろ。手には魔法使いの杖《つえ》を持っていた。

「黒い魔王にははじめまして、だな？　俺の名はプラティラウ。ローラント王国ではスマート・ゴルディオンにえらい目に逢《あ》わされた薄幸《はっこう》の魔法使いだ」

「バーカ。女殴《なぐ》るやつに幸せなんかあるか」

下顎《したあご》を横にずらし、くるくると指の上で器用に煙管《きせる》を回してスマートは言う。

「それは反省した。もう殴らん。八翼白金様にもしこたま怒られたし」

プラティラウはうんざりしたように首に手を置いて目を閉じた。

「愛ってなんなんだよなー。ほんとわけわかんねえよ。あとお前のその格好もわけわかんねぇぞ、スマート」

「スマートちゃんって呼んでいいわよ」

その言葉に横にいたサルドニュクスがぼそっと、そしてプラティラウはおおっぴらに言った。

「気持ち悪」

スマートに睨《にら》まれたが、サルドニュクスはやっぱり眉《まゆ》一つ動かさなかった。

「首の烙印《らくいん》があるからお前だってわかるけど、なんなんだよそれ？　お前、前逢《あ》ったときオッサンだったじゃん」

プラティラウの言葉にスマートはきらりと笑った。

「バカ、美青年って言うんだよアレは」

「じゃぁ今のそれはなんなんだ」

「アホ、美少女って言うんだよコレは」

「だからなんでそんなんなんだよ気持ち悪い」

「やったヤツに訊《き》けよ」

サルドニュクスを視線で示してスマートは言う。プラティラウは視線を向け、首を軽く動かして答えを促す。

「ま、いいじゃない」

あっさり言われたサルドニュクスの答えに、プラティラウは変な顔になり、スマートは煙管を落っことして慌《あわ》ててしゃがんだ。火種《ひだね》が転がって、やべやべと言いながら追いかける横で、プラティラウが言う。

「な、な、なにがいいんだ?」

「人の問題とは、年齢や姿形ではなく魂《たましい》だということさ。……君はそんなこともわからないのか?」

僅《わず》かに口の片端を上げた嫌みな口元と流し目で言われ、プラティラウはサルドニュクスを睨《にら》み付ける。

「魔王だと思っていい気になんなよ」

「ちんぴらみたいだな。少しは成長しないとならないんじゃないか」

「うるっせぇな」

「せっかく外見はそんなにロマンチックなのにね」

「八翼白金様に聞いたぜ。お前、魔力大概《たいがい》無いんだってな？」

サルドニュクスはにっこりと笑った。

「ああ。八翼白金も気の毒に。僕の魔力が邪魔《じゃま》くさいだろうにな。だが、プラティラウ。忘れない方がいい。魔力が僅かでも、僕は僕であるということを」

「……なんだと？」

背筋に走る戦慄《せんりつ》を抑えてプラティラウはなんとか呟き、サルドニュクスの黒い瞳から意識を無理に離す。

両拳に力を入れて握りしめ、ぶるぶると頭を横に振る。

「うるせぇ！　知るか！　死ね！　どうせ死なないんだろ！　行け化け物ども！」

ひゅ、と風を切るプラティラウの杖《つえ》の音。

怪物たちは奇怪な海鳴りのような唸《うな》りを上げて襲いかかって来た。床まである腕はいかにも重たそうだ。指はあったが手のひら自体が小さい。首と頭の大きさが違わない。目は陥没《かんぼつ》して眼球を回せばわずかに白目が見えた。ぼさぼさと灰色の毛の生えた二本の足で、足音を立てながら広間に駆け入る。

煙管の先で器用に火種を拾ったスマートが不快げに鼻に皺《しわ》を寄せる。

「全《まった》く、なんの結果だ？　不様《ぶざま》にも程がある」

蹄《ひづめ》の音がした。威勢のいい馬のいななき。

「どけぇ‼」

ギンガの声だ。

ギンガがキアを駆って、怪物たちを蹄にかけている。ティルファはギンガの腰にしがみついて、強く目をつぶっていた。

「怪物がここに出てきたってことは、ここに籠《こ》もっててもしかたねぇな‼　警戒しなくていいんなら、俺は上に行かせてもらうぜ‼」

ギンガの言葉にスマートが答える。

「そうとも限らねぇけど、まぁ、行けば」

叫ぶようにティルファが言った。

「奥に大階段があります。上がって右に行って、隠し階段上がって左が王の寝室です！　隠し階段の開け方はわからないんだけど、私たちはそこを目指します！　あとで！」

「ああ。あとで」

スマートは少女の顔で微笑《ほほえ》んで、小さな手を振ってティルファとギンガを送り出す。

怪物を踏みつぶしてキアは進み、血に足を染める。

「舐《な》めるな。俺が通すかよ、そんなもん？」

プラティラウが舌なめずりをしたが、その身体《からだ》がいきなり引きずられて広間の床、倒れた怪物の上に倒された。

「なっ」

顔を上げれば、そこには見下して笑うサルドニュクスの顔。ペンを白手袋の手に持って、プラティラウを指し示している。魔力はそこから出ていて、その魔力で自分を従えているということは判《わか》った。

だが、抗《あらが》えない。

怪物たちは、と見れば、スマートが煙管を振るたびに、大砲に撃たれたように広間の壁近くまで吹き飛ばされていた。

そのスマートに守られ、サルドニュクスはペンを持っていない側の手を軽く握り、手の甲を腰に当てていた。

「プラティラウ。君に訊《き》きたいことがある」

だが怪物の数は多く、サルドニュクスの眼球を狙って腕を伸ばした怪物の腕が触れそうになる。

やった、と、床の上に這《は》い蹲《つくば》ったプラティラウは目を輝かせたが、スマートの煙管がその怪物をはじき飛ばした。

その間、サルドニュクスは全く視線を動かさなかった。

「八翼白金はどこだ」

その質問は心底笑えた。くだらねぇ。

「ハッ。そんなもん誰が答えるんだよ」

「君だよ、プラティラウ。そうだ、君に訊《き》いておこうかな。ここでの八翼白金の目的は何だい。暇《ひま》つぶし？　それとも何かあるの？」

「答えねぇって言ってんだろう!!　バカかてめぇ!!」

だが、プラティラウは喋《しゃべ》ってしまいたい衝動と闘っていた。

なんだこれ。これはなんなんだ。

「プラティラウ。抵抗しても無駄《むだ》だよ」

サルドニュクスは小さく、けれどとても優しく微笑んだ。

「力を奪われたとはいえ、僕は僕だ。……わかるね？　さ、従え」

プラティラウはくらりと目眩《めまい》を覚え、それで判断力を失った。

「八翼白金様の狙いは暇つぶしだ。人間に関与したって、魔王はなんら利益《りえき》を得ない……ただ少々面白がっておられるだけだ」

「そうだよね。でも、どうしてこんなことを？」

「あの方は、ロマンスがお好きだから」

サルドニュクスの微笑みを向けられ、プラティラウは幸せな気分で微笑む。

「この怪物たちはどうしたの？」

「あー、ちょっと、実験の結果でー。失敗してー」

「君がやったの？」

「あっはい」

「どれくらいかかった？」

「一ヶ月かなー」

　ふーんとサルドニュクスは言って、ペンを上着の中にしまうと這《は》い蹲《つくば》るプラティラウの横を通り過ぎ様、頭を撫《な》でてやった。

「このあと、君は自分を責めるだろうけど、気にしなくていい。僕はそういう存在で、君はそういう存在だ。それだけなんだよ」

　スマートは恍惚《こうこつ》の表情を浮かべて動かないプラティラウの横を小走りに通り過ぎてサルドニュクスに追いついて訊いた。

「なんなんだ？」

「ああ、僕は魔王で、彼は魔族ですから。珍しいほど少しですけどね。……魔族と人間の混血じゃないかな。でも、魔族の部分があるから、彼は僕の言うことに結局のところ逆らえないんですよ」

「……同情するぜ」

　げっそりとスマートは言い、蠟燭《ろうそく》が短くなっていく廊下《ろうか》を小走りにサルドニュクスの後をついていく。

「おい、歩幅が違うんだ、ゆっくり歩け」

「ああ、すみません」

サルドニュクスは足を止めてスマートを抱き上げ、肩に乗せる。スマートはこれ楽ちんだよなーと言って喜んだ。

「ところでお前のペン、どっから?」

「ミジャンのとこです。ペンの中にインクが入ってるんですよ。便利ですよね。ラボトロームで量産したらどうですか。あなたは杖《つえ》は結局煙管《きせる》にしたんですか」

「まーとりあえずな。さぁ急ぐぞサルドニュクス号。はいよー」

馬のように頭を叩かれ、サルドニュクスは淡々と言った。

「やめてください」


怪物は城の主要なところにいたが、ギンガはものともしなかった。血の臭《にお》いに酔ったように時々ゲラゲラ笑った。

ティルファは怖くなかった。

こんなに躊躇《ちゅうちょ》無く怪物を殺す、盗賊《とうぞく》の男なのに。

腕にも首にも、無数の傷があってそれは戦いを示しているというのに。

私はどうしちゃったのかしら。

家族が見たら、心配するかな。

そう思って苦笑する。家を出る前、最後に見た家族は、完全に自分を疎《うと》ましいものとして見ていた。それはそうだろう。城に上がって鼻高々の娘が、気の病《やまい》を起こしたと言って戻された。いくらティルファ自身がそうではないと言っても、信じてくれなかった。

部屋には外から鍵《かぎ》がかけられた。食事も部屋に運ばれた。窓から抜け出して外に出た。帰りたいとは思わない。家族に助けを乞《こ》おうとは思わない。

窓から出るとき、家族の誰もが自分の話を信じてくれなかったことが寂しくて悲しくて辛《つら》かった。私はひとりで生きることになるんだなと思った。

眠る場所も食べ物もお金も心許《こころもと》なかったけれど、城の内覧会《ないらんかい》がある。そこしかチャンスはない。街に出て、助けてくれる人を探した。でも、どうしようもなかった。あちこちで城の状態を聞き込んで、昨日は路地の隅で眠った。

スマートとサルドニュクスを見つけたのは本当に偶然だった。

金貨を転がして、ギンガをみつけたのも。

私は、運がいい。

ギンガは不思議なひとだ。

一緒《いっしょ》にいてうれしい。

服を買ってくれた時だって、服屋に入るなり、

「こいつに似合う服を。こいつは首が美しいから、襟《えり》や胸が開いているのがいい。明るい色で。派手なヤツだ」

身体《からだ》のどこか一部分だって、美しいなんて言われたことはなかった。胸の奥で花が咲いたような気持ちになった。明るい、派手な服なんか着たことがなかった。貞淑《ていしゅく》にと言われて育った。

でも、いつもどこかちぐはぐな感じがしていた。

失敗ばかりしていた。

溜息《ためいき》を沢山《たくさん》吐かれた。

クスクス笑いが背中越しに聞こえた。

いつでも自分が恥ずかしかった。

それでもホリィと友達になれて、嬉《うれ》しかった。

ホリィの微笑《ほほえ》みには嘘《うそ》がなかった。真っ直ぐ見つめて、私のおともだちと言ってくれた。あんな優しい人は他にいない。あんなに大事な人はない。あんな瞳で私を見てくれた人はいない。

だから助ける。

ありがとうと思っているから。

ギンガが、胸の奥に花を咲かせてくれたから、これでもう怪物も、怪物みたいになった王様も怖くない。

あのねホリィ。王様の横にいる王妃様《おうひ》も。私、目の綺麗《きれい》なひとに、首が綺麗って言ってもらったの。

あなたにそれが言えたらしあわせだわ。

ティルファの視界の隅に、横からキアに襲いかかろうとする怪物が映った。

「ギンガ！　キアが！」

「ケッ！　しゃらくせぇ！」

ギンガは歯を剥《む》き出《だ》して笑うと、手綱《たづな》を引いてキアの角度を変え、キアはその逞《たくま》しい後ろ足で怪物を蹴《け》り飛ばした。

「女！　よく後を見てろ！　俺の後の目になれ！　気ィ抜くなよ！」

なんて嬉《うれ》しいんだろう。やることがある。出来ることがある。

「はい！」

ティルファは元気よく返事をし、キアは怪物たちを蹴散《けち》らして城内を駆けた。

やがて怪物たちは追ってこなくなり、あたりは静かになる。王の部屋への隠し階段のある廊下に着いて、ギンガとティルファはキアから降りた。

キアの足には怪物の血や肉片がこびりついていて血なまぐさかった。ティルファとギンガも息が上がっていた。

「ああ、キア。こんなに汚れて……ごめんね、広間に戻ったら、綺麗《きれい》にするね」

ティルファは床に座ると自分のドレスの裾《すそ》で、キアの足を丁寧《ていねい》に拭《ふ》く。

「ごめんね、ほんとは走るだけにしたいよね。疲れたでしょ、ごめんね」

ギンガはティルファの様子を眺めていたが、やがて静かに言った。

「行くぞ」

「はい」

「キア、足は平気か?」

問われた言葉にキアは鼻を鳴らす。元気のいいその音に、ギンガは笑い首を撫《な》でる。

「よし」

よかった。

ティルファもそう思う。

「隠し階段を降ろすのはこっちの部屋だ」

「はい」

ギンガは突き当たりにある部屋の扉を開けた。

中は暗い。ティルファは廊下《ろうか》の壁の燭台《しょくだい》を、爪先《つまさき》立って取ろうとしたが取れない。ギンガが後から難なく燭台を取って、中に入った。

中には、誰かが住んでいるかの様な拵《こしら》えがしてあった。

衣装棚《いしょうだな》の奥にレバーがあって、ギンガがそれを引いたら廊下のほうで音がした。隠し扉が現れたのだろう。

行きましょう、とティルファはギンガを見たが、ギンガは衣装棚の下の隅を見ていた。

身をかがめ手を伸ばす。その指にひっかかっていたのは、指輪のようなものだった。

「ギンガ。なぁに？」

ギンガは手に持ったものをティルファに見せた。

薄い、金色の髪を編んだものだ。小さな輪になっていた。この色には見覚えがあった。

「……あなたの髪の毛？」

それにしては細くて柔らかそうだった。

「よくわかるな。俺のだって」

ギンガは少し不思議そうだった。

「わかるわよ、そんなの。とても綺麗だもの」

「……お前は、目だの髪だのキレイキレイって。なんなんだ一体」

「ギンガって、ほんとに王子様なのかしら。これ、子供の髪の毛ね。子供のころにお城にいたなら、王子様ね。そうでしょ？　ホリィのお兄さんなの？」

真っ直ぐに言われたティルファの質問に、ギンガはふう、と肩の力を抜くと答えた。

「そうなるのかな」

ティルファは黙った。

ギンガの話を聞くために。

「……これは、俺の母親が作ってくれたもんでな。……今の王妃は昔から側室だったのは知ってるよな？」

「ええ」

「俺の母親は王の二番目の結婚相手だった。俺を産んで、俺は三つまでここで育ったんだが、俺の母親と俺は、ある日突然放り出された。俺の母親は何も俺に言わなかったが、調べたよ。今の王妃が、王に、姦通《かんつう》の疑惑があると吹き込んで外に放り出したんだと。……こいつはさ、俺がかくれんぼしてるときに忘れて行ったもんだ。まだあったなんてな。掃除《そうじ》係は手抜きだな」

ギンガは苦笑し、その髪を蠟燭《ろうそく》の炎に近づけて焼いた。髪の毛の焼ける匂《にお》いがして、ギンガの顔が明るく照らされる。火のついたままそれをギンガは床に落としたが、すぐに消えた。

ティルファは目を見開いた。

「どうして焼いちゃうの？」

「あァ？　いらねぇだろうあんなの」

「私、欲しかったのに！」

その言葉にギンガは変な顔をした。

「気ッ持ち悪ィ女だな」

「私あなたが好きなだけよ」

言ってみたらギンガが固まった。

「あなたが私を嫌いなら断って。諦《あきら》めるわ」

ティルファは不思議な気持ちになった。

どうしてこんなやけっぱちな気持ちなんだろう。男のひとに好きだなんて、おとうさん以外じゃ初めてだわ。

髪の毛のリングも、本当に欲しかったけれど何故欲しいのかわからない。ああ、私はギンガが好きだから、ギンガの一部が欲しいんだ。

そう思ったけれど、めちゃくちゃだ。

私何を言って、何をしてるんだろう。

「おい、女」

ギンガはティルファを見つめている。

ティルファは突然襲ってきた自己嫌悪《けんお》と混乱で俯《うつむ》いているしかない。

「おい女！」

ギンガはティルファに近づくと、その顎《あご》をとって無理矢理上を向かせた。

「俺が好きだとか、何も知らねぇのに言うな。俺が王の子だからか？　だが、そのあとは荒野で盗賊《とうぞく》に拾われて、あとを継いだんだぜ。俺は今や盗賊団の首領だ。ならず者どものな。そんなことも知らねぇで、愛だ恋だ浮かれるな」

顎をとられたままティルファは溜息《ためいき》を吐いた。顎に全体重をかけて力を抜く。

「重てぇ！」

「もーわけがわかんないですよ私。ダメだもうなんか。ギンガさんなんか嫌い」

「おい、さっきは好きって言ったぞ!!」

「王様の子で盗賊なのはわかりました。で、私のことは好きなんですか？　嫌いなんですか？」

「知るか！　ちゃんと立て、重い！」

「……明日まで時間をあげますから、考えてくださいね」

ティルファは一応立ち直してそう言い、衣装箪笥《いしょうだんす》の中の服で眼鏡《めがね》を拭《ふ》いてから言った。

「じゃ、行きましょうか。キア、行ける？」

キアはうん、と頷《うなず》いたように見えた。

ティルファの横に並んで出ていく。

ひとり残されたギンガは茫然《ぼうぜん》とし、それから駆け出した。

「おいキア！　俺を置いていくな！」

城の中にギンガの慌《あわ》てた声が響いた。

第六章　魔王同士が採めた場合の大問題

「さっきの彼のことでも判《わか》るように、魔王同士が採《も》めた場合、問題になるのはアレなんです」

スマートを肩に乗せて、王宮の廊下《ろうか》を歩くサルドニュクスがどうでもよさそうに言う。ギンガとキアが蹴《け》散《ち》らした怪物の死体がそこらに散乱していたが、サルドニュクスは意に介さない。

魔力を多少靴底《くつぞこ》に移動させれば、障害物は消えた。

なんだ、結構魔力は残ってるじゃないか八翼白金《はちよくはっきん》め。

サルドニュクスは苛《いら》つく。

「アレ？　さっきのってプラティラウのことか？」

スマートが問いかけたので話を進める。

「魔族は魔王を愛する習性だということです」

「……どんなのでも？」

「どんなのでもです。異界のだろうが、自分の魔王と敵対してようが」

スマートは少し考え、それから訊《き》いた。

「もとの世界でお前の世話役だったジエールっていたろう。あれとかは？」

「それぞれの特性はあるでしょう。ジエールは比較的……いや、あれでかなり左右されない性質ですよ。僕に対しては、僕が魔王になる直前から一緒にいたから、かえって耐性がついていたようで言うこと聞かないったらありゃしませんが」

「言われる方が悪いんじゃね？」

「そっくり返しますそれ」

「お前、揚《あ》げ足とんのやめたほうがよくね？」

「それもね」

「俺たち相性悪いんじゃねぇの？」

「相性バッチリと思ったことは一度もないですよ」

へえ、と口を尖《とが》らせてスマートは言う。

「……仲悪いの？」

「僕に聞かれても」

「魔王だろ、わかれよ」

「僕はキャナリー・キラキラ・イトーじゃないので」

「誰だ」

「ミジャンの買ってた雑誌に書いてた占い師です。ジェンの蔵書の中にもどっさり」

そんなもん読んでたのか、と思ったスマートは廊下《ろうか》に煙管《きせる》の灰を落とすと、ポケットに持っていた袋から煙管に煙草を詰め、指先で魔法を紡《つむ》いで火をつけた。

一息深く吸い、長く吐いて冷静に言う。

「話ずれたぞ」

「ああ、はい。そうですね。……でもだいたい想像ついてるんでしょ」

「いいから話してみな」

サルドニュクスはやれやれと溜息《ためいき》を吐く。

「……よく考えたら、判ってること話すの馬鹿馬鹿しいですね」

「うるせぇなサルドニュクス号。髪抜いてハゲにするぞ」

「それ、どれだけ根気があるんですか。……まぁいいや、だから、魔王同士が揉《も》めた場合、魔族を使って対決をするのは難しいってことです。どちらかの魔王が、ちょっと意識を伸ばすだけで対立している側の魔族は戦意を失うわけですから。かといって影響が大きすぎるから、魔王同士、直に喧嘩《けんか》するのも駄目《だめ》だし。で、この怪物たちのご登場です」

廊下に転がる怪物に、一瞥《いちべつ》を向けてサルドニュクスは言う。スマートはふん、と鼻を鳴らす。

「人間を使うのは？」

「ありですが、人間だって魔王相手じゃあまり役に立ちません」

スマートは首筋の烙印《らくいん》に触れる。触感は他の部位と変わらないが、そこには虹色に光る紋章がある。

「……八翼白金は何で、前の時……カスガの時に俺を連れてかなかったんだ？」

「おそらく、媒体《ばいたい》が手に入ったからでしょう。とりあえず僕の力を減らしたかったんだと思いますよ。ああ、謝らないでくださいね。凹《へこ》まれてもうざったいだけですから」

気持ちを見透かされ、先回りをされて言われた言葉に、スマートは苦虫《にがむし》をかみつぶしたような顔になる。

たしかにサルドニュクスの力を奪う媒体を、そうとは知らず自分は無防備に持っていた。そして悠々《ゆうゆう》とそれを持ち去られて、サルドニュクスは魔力を僅《わず》かにまで減らされた。どの程度まで、は、サルドニュクス自身にもわかっていない。

この事態を招いたのはそもそも自分だとスマートは自分を責める。だがそんなことは意味がない。意味が無い以上は逃避だ。逃避ではあるが逃避も無しに気持ちを立て直せるほど自分は強くはないことを、スマートは知っていた。

めんどくせ、と自分の内心のあれこれを片付けて、煙管の吸い口に歯を立てる。

「……ま、いいや。あれだ、あのー。とりあえず王様一家救出ガンバロー。おー」

「そういえばティルファとギンガは八翼白金じゃないと思いますよ」

「うん、そうなー。油断は出来ないけどなー」

その言葉にサルドニュクスはスマートをちらりと見る。

「……疑ってないと思いましたけど」

「疑ってるし、疑ってないさ。騙《だま》されたら騙されたでいいし、俺にとってもお前にとっても致命的な場面を作らないのは絶対だ。それさえ間違えなきゃ、どっちかが八翼白金でもかまわねぇ」

サルドニュクスはスマートに薄く笑う。

「あなたのそういうところを尊敬してますが、同時に本当に愚《おろ》かですね」

「ああ。性分《しょうぶん》でなぁ。学習できねぇよ。ま、上手《うま》くやるのが面白いことでもねぇから、いいさ」

負け惜《お》しみにも聞こえそうな言葉を吐いてから、スマートはふと思う。

そういえばサルドニュクスはここしばらく自分のことを『お師匠様《ししょうさま》』と呼ばない。先刻一度呼ばれたくらいだ。

もうそのまま呼ばないでくれればいいと思う。

今までなにひとつ、何も教えてやることはできなかった。

サルドニュクスが人間だったころから、今までなにひとつ。

黒髪で細身の弟子を思い出し、感傷に浸《ひた》りそうになったが今はそんな場合じゃないと思い返す。

どっちにしろこんなにちっちゃくてフリフリじゃぁ、深刻ぶっても仕方ない。

スマートはそう思って、煙草の煙に魔法を乗せて、細く長く吹き出した。その煙は小さな蝙《こう》蝠《もり》の形を取り、どこかへと消える。

煙の蝙蝠はスマートの目となって飛び、やがて王の部屋にいるティルファとギンガをみつける。

そして蝙蝠は衝撃を受けて四散《しさん》した。

「うあ!」

魔法を破られ、スマートは精神に衝撃を受けてふらついた。その小さな身体《からだ》をサルドニュクスが支える。

「大丈夫《だいじょうぶ》ですか」

わずかに息を荒げ、顔を歪《ゆが》めるスマートは言う。

「急げ。何かいるぞ」

「はい」

その返事を聞いた次の瞬間スマートは気持ち悪くなった。一気に船酔いをしたような感じだった。

「ぐぇえええええ」

吐き気《け》のために片手で口元を押さえる。煙草どころではない。視界が回る。

「スマートさん、サルドニュクスさん！」

ティルファの声に名を呼ばれ、後にひっくりかえりそうだったのをサルドニュクスに胸ぐらを摑《つか》まれて引き戻され、いかんいかんとスマートは頭を振って視力と正気を取り戻す。

「て、転移《てんい》するならそう言え！　おぐぅふ」

へろへろと言われてもサルドニュクスは気にしない。

「だって急げって」

「転移するなら言えってだけだぁ！　くそ、お前アタマワルイ」

「のんびり喧嘩《けんか》してる場合ですか？」

うんそうだよと言ったら喧嘩をのんびり続けそうなサルドニュクスの頭を、スマートは小さい手でべたべた叩いて前を向かせる。

王の居室だ。

広い。

調度《ちょうど》は重厚で、大きなテーブルと椅子《いす》が置かれ、その横には小さなテーブルと飾り棚《だな》があった。壁には田園風景の巨大な絵画と、静物画が飾られていた。青い絨毯《じゅうたん》には明度の違う色で蔓《つる》薔薇《ばら》の柄が織《お》り込まれ、天井には青空と日中の雲が描かれていた。そして煌《きら》めくのはシャンデリア。灯《とも》された明かりを反射して、部屋を隅まで照らしている。

王と王妃はテーブルに座っていた。

寝椅子《ねいす》にも収まりきらない身体《からだ》をテーブルの上に乗せて、王は片腕に王妃《おうひ》を抱き、大皿に山盛りにされた何かの肉を手づかみで機械的に口に運んでいた。

ギンガとティルファはキアに跨《また》がったままそこにいた。

そして、見慣れない人物がひとりいた。

白金の髪、褐色《かっしょく》の肌、真夏の空のような目。プラティラウと似通ってはいたが髪は長く、年齢が判《わか》らない。男か女かもわからない。

何事にも動じない気配で、立っていた。

「……どけっつってんだよ!!」

ギンガが苛立《いらだ》ってキアの蹄《ひづめ》を鳴らしたが、絨毯《じゅうたん》の上では迫力が無く、何よりキアの前に立っているその人物に動揺《どうよう》がみられなかった。

着ているものは裾《すそ》の長い紺《こん》色の軍服で、長い髪とそぐわない。

その人物が片手をふわりと広げてサルドニュクスとスマートに微笑《ほほえ》んだ。

「やぁ、十六翼黒色《じゅうろくよくこくしょく》。そして、我が主の想い人、スマート・ゴルディオン殿。お初にお目にかかる。私はパーミル・クアッドリリオン。これから長いつきあいになるのではないかと予想しているよ。十六翼黒色には敵として、スマート殿には世話係として」

「降ろせ、サルドニュクス」

パーミルと名乗ったものを見据《みす》え、なにか放たれる違和感に緊張してスマートは言ったが、サルドニュクスはスマートを支えたまま動かない。

「おい」

スマートは苛立《いらだ》って声をかけたが、サルドニュクスは視線もやらない。

「……なるほど。君を作ったのは八翼白金《はちよくはっきん》か？」

サルドニュクスは怒っているのだか、楽しんでいるのだか判《わか》らない気配と笑顔で、パーミルを見据《みす》えていた。

その様子にティルファは何かおそろしいものを感じてざわりと全身が粟立《あわだ》った。

ギンガも同様に、その鼻筋に皺《しわ》を寄せ、手綱《たづな》を摑《つか》む手に力を込める。

全く動じないのは王と王妃、そしてパーミルだった。

パーミルはいっそ楽しそうに微笑《ほほえ》んだ。

「違うさ。黒いの。八翼白金は依頼者だ。私を作ったのは、この世界の魔法使いたち。そして技術者たちだ。君なら判るだろう？」

パーミルの声は不思議な響きを帯びていた。

男のようでもなく女のようでもない。聴いたことのない弦楽器を連想させる声だった。

「ティルファ」

スマートはサルドニュクスの肩の上で声を張る。

「はい」

反射的にティルファは返事をし、身体《からだ》を硬くした。

「この国の魔法使いは、昼に外を出歩けないと言ったよな。なんでだ」

パーミルを見つめたまま、スマートは問い、ティルファは答える。

「禁呪《きんじゅ》を行ったからです。王が、魔法使いと錬金術師《れんきんじゅつし》を罰《ばつ》しました……」

ティルファは、眼前の光景に全く視線を動かさない王をちらりと見た。先ほどと変わらず、肉を淡々と食べている。咀嚼《そしゃく》音が室内に響いている。王妃は布でその口元を拭《ぬぐ》ってやっていた。王妃も、室内で行われている全《すべ》てのことに興味を示さない。王女はいなかった。どこだろう。

「禁呪の内容は」

「不老不死です。目的の人間の魂《たましい》が移動できる器《うつわ》を作るという研究を三代前の王が命じ、王が亡くなっても研究を進めていたということです」

覚えている。そのときティルファはまだ小さかったけれど、王の演説を聴いた市民たちの興奮。父や母が過《あやま》ちを正す素晴らしい王だと讃《たた》えていたこと。誇らしげなその様子。王宮に上がった時に一度だけ見た王の堂々とした姿。

いや、その時も少し違和感があった。なにかに怯《おび》えているような感じがあり、それが故《ゆえ》に恐ろしかった。

ホリィも言っていた。

「最近お父様の様子が以前と少し違って」

政務でお疲れなのでしょうと言うしかなかったが、もっと真剣に聴くべきだったのかもしれない。誰かに相談するとか、できたかもしれない。後悔《こうかい》がある。

でもホリィ。私、ここまで来たんだから。どうか助けさせて、あなたを。

そう強く願えば全身に力が滾《たぎ》るが、今はそれも心許《こころもと》なかった。

パーミルひとりのせいだ。

その悠然《ゆうぜん》とした態度がティルファの動悸《どうき》を速くする。

「は！」

パーミルが短く笑い両手を軽く挙げる。

「スマート様。そんな回りくどいことを問いかけずとも、私に直《じか》に問うてくだされば何なりとお答えいたしますのに」

「いや悪ィ、せっかくだが会話したくないんでな」

スマートが苦笑もせずに言い、パーミルは僅《わず》かばかり肩を竦《すく》めた。

「つれないことだ。八翼白金様もこれは嘆《なげ》くでしょうな」

「そこをどいてくれないか」

サルドニュクスが口の端を吊《つ》り上げ、目を輝かせる。

「力ずくでくればいいんじゃないか、黒いの」

その言葉を待つまでもなく、サルドニュクスの肩の上でスマートが煙管《きせる》を回し、パーミルに向けて止める。短い呪文《じゅもん》を同時に放つ。

ティルファには真《ま》っ赤《か》な蜂《はち》が、パーミルに向かって奔《はし》り、そしてパーミルの身体に当たって火花になって消えたように見えた。

パーミルは何もせず、顎《あご》を上げて笑った。

「……問うてくださらないなら自分で名乗りましょう。私はこの城の地下で生まれ、ガラスの瓶《びん》で育ちました。父もなく母もない。魔族でもなく人間でもない。男でもなく女でもない。偶然できあがった研究の成果、それが私。その結果、私はひとつの力を持って生まれた。すなわち、私に魔法は効かない」

「なら、何故八翼白金に与《くみ》する」

短く鋭いスマートの問いに、パーミルはくすりと笑った。

「私が、生まれたばかりだからです。か弱い私は庇護《ひご》を必要としています。生まれたときにはこの意識を持ってはいましたが、実際私は赤ん坊のようなもの。そこにプラティラウがやってきて、八翼白金に従うのなら、金をくれるという」

「金をやれば従うんなら、俺がくれてやろうか」

心底バカにした笑いでギンガが言ったが、パーミルは犬でも見るような視線で一瞥《いちべつ》した。

「下司《げす》め。私は庇護と言ったのだ。なるほど、金さえあれば、寝床も居場所もあろうが、生きるためには目的と精神の支柱が必要だ。自分の生きる目的が見つかるまでは、何かに使われていた方が楽だということさ」

よくわかる理論だ。ティルファはそう思ったが、同時につまらなく思った。

「……生きる目的なんて、判らないひとのほうが多いと思いますけど、でもみんな生きてるわ」

パーミルは楽しそうに笑った。

「死んだようにな。日々の暮らしにあくせく働いて、何もせずに死んで。私にはその意味は分からないから、そうはしたくない」

「では、あなたは本当に生まれたばかりなのね。そんなに賢い口ぶりなのに、何も知らない子供なんだわ」

怒りともおそれとも悲しみともつかない感情のままティルファは言ったが、パーミルは心底どうでもよさそうに呟《つぶや》く。

「だから、そう言ってんじゃないか。くだらない」

「そうね。くだらないわ」

ギンガがぎょっとするほど冷たい声でティルファは告げ、それで話は終わった。

「おい……？」

「私があのひとと話すことはもうないわ。ギンガ、ホリィを」

パーミルはサルドニュクスとスマートに任せてもいいだろう。そう判断したギンガは、キアの手綱《たづな》を巡らせて部屋を出ようとする。王に何をか言いたかったが、王も王妃《おうひ》も何を言っても反応がない。会話にならないなら、まずはホリィを探しだそう。

だが、胸に疼《うず》く痛みがそれを拒《こば》んだ。

王。

父。

母の顔が浮かぶ。

遠い記憶。

自分を抱き上げた大きな手。

もしその記憶が他の誰かのものならお笑いぐさだ。だが、都合の悪いことに覚えているのは、自分が呼んだ相手の名。

「ちちうえ」

「おう、ギンガ。大きくなれ。私を越えるほどに」

「はい、ちちうえ」

そのやりとりだけを覚えている。

ギンガは顔を歪《ゆが》めると、キアから降りた。驚いて戸惑うティルファにギンガが言う。

「悪いな、ティルファ。……俺も少しここでやることがある。キアを頼むぜ」

ギンガは振り向かない。その背中が、なんだか泣き出す前の少年のそれのように見えて、ティルファは何か言いたかったけれど、

「ひとりで、行ける？」

とだけ訊《き》いた。

ギンガはハッと笑った。振り向かずに。

「そりゃ、こっちの台詞《せりふ》だろ」

それもそうだ。

丸腰で、なんの力もない私が、ひとりで？

「だいじょうぶ、行けるわ」

言葉は自然に唇から零《こぼ》れた。

気持ちは不思議に平静だった。

だってもうすぐだもの、ホリィのところまで。

何度かこっそり入れてもらった王女の寝室。桃色と象牙《ぞうげ》色の部屋。廊下《ろうか》を行って右。

鞍《くら》に座り直しキアの手綱《たづな》を取って、軽く引いた。キアは跑足《だくあし》で廊下を行く。少しして駆け足になる。蹄《ひづめ》の音が廊下に響く。敵軍にでも攻め入られたりしなければ、こんな音などしないだろうに。城の中の静寂を踏みしだいて、ティルファは進む。

王女の部屋の前に辿《たど》り着くと、キアを止めて降り、声もかけずに扉を開けた。

「ホリィ」

窓のカーテンは閉められていなかった。

月光が影を作って部屋の中を照らしている。

キアから苦労して降りてベッドに近寄ってみると、そこにはホリィが横たわっていた。

枯れた草の様な髪、痩《や》せ細った身体《からだ》、ひび割れた皮膚《ひふ》。呼吸は浅く、視線はうつろだった。

部屋着にも着替えておらず、夕刻に見た盛装のままだった。飾られたいくつもの宝石。けれど刺繍《ししゅう》が施《ほどこ》された美しいドレスは身体よりずっと大きく、このまま立ったらずり落ちてしまいそうだった。

ティルファはベッドの横に椅子《いす》を持ってくると座り、ホルイー姫の髪をそっと撫《な》でて囁《ささや》いた。

「ホリィ。ティルファよ。私、来たわ。……すこし疲れてるみたいね。ずっとこうしているわ……さぁ、目を閉じて。子守歌でも歌いましょうか。ホリィ」

ティルファは、変わり果てた友人の姿を見ても平静な自分に少なからず驚いていた。

目の前にホリィがいる。

自分はここまで来た。

ここからどうやって助けようかと、一瞬考えはよぎったが、それよりは今は子守歌を歌うことが重要な気がしていた。

私はここにいるわ。

何があってもあなたを助けようと誓《ちか》っている、私はここにいるわ。

どうか、安らいで、今は目を閉じて。

ホリィは祈り、歌った。


パーミルは手を差し伸べながらスマートとサルドニュクスに近づいた。途中、ギンガとすれ違ったが、どちらも視線も遣《や》らなかった。

「さあ、こちらにおいで下さい、スマート殿。八翼白金《はちよくはっきん》の元にお連れしましょう」

「断る。お前も降ろせ」

言われたサルドニュクスはやはり気にせずに肩に乗せたまま足を強く押さえつけていた。サルドニュクスの言葉はパーミルに向けられた。

「魔法が効かない、ということは、僕にとって大変な不利だな」

パーミルは口の端を上げて歩を進める。

「お前とスマート殿にとって、と言うところかな。何しろ魔法はそちらの強力な武器だろう。唯一無二《ゆいいつむに》の」

「降ろせ」

「唯一無二の、とは限らないんじゃないかなぁ？」

スマートの言うことをまた無視してサルドニュクスは楽しげに言い、あ、そういえばと呟《つぶや》いてから続けた。

「八翼白金に言っておいてくれるかな。別にこのひとでなくても、時の進みの遅い魔法使いはいるんだって」

「おい！」

サルドニュクスの言葉に焦って、スマートは顔色を変える。もとの世界にいる、スマートと同様の者達の顔が浮かぶ。

「北の大地の、白い髪の魔法使いなんかオススメなんだけど」

パーミルがもう一歩を踏み出す。

間合い。

「ここはまかせてください。あなたは王と王妃《おうひ》を」

くそ、ちょっとは俺の話も聞けよと舌打ちをして、スマートはサルドニュクスの肩を蹴《け》って飛ぶ。呪文《じゅもん》を紡《つむ》いで、短距離の飛行。一回転して勢いを殺し、蝶《ちょう》のようにふわりと、王と王妃の眼前のテーブルの上に着地する。

王も王妃も悲鳴も上げない。のろりと眼球を動かしただけだった。

「ふむ」

スマートは煙管《きせる》を銜《くわ》え、一息吐き出す。

そして言った。

「どっちが八翼白金だ？」

二人とも、動かなかった。

第七章　王と王妃

突然、自分と王の間に現れたスマートに、ギンガが怒鳴《どな》った。

「なんだガキ！　邪魔《じゃま》すんな！」

「まーまー。俺は俺で用事があるんだ」

煙管《きせる》をくるくると回しながらスマートは王と王妃《おうひ》を見つめる。ギンガもテーブルの上に乗り、懐《ふところ》に呑《の》んでいた湾曲《わんきょく》した形の刀を抜き、王妃に突きつけた。

「王よりはまだ話になりそうだ。お前、知っていることを全《すべ》て話せ」

王妃は肉汁と涎《よだれ》でぐっしょりと汚れたハンカチで、王の口元と胸元を拭《ふ》き、そしてギンガを見た。

灰色の瞳には確かにまだ知性があり、肌は手入れを忘れていない艶《つや》だった。

「あなた、ギンガと呼ばれていたわね。……ハンイーの息子？」

濡れたハンカチを床に落とし、横に積んであった新しいハンカチをとって、また王の口元を拭く。

ギンガはかっと顔を赤く染める。

「その名を出すな」

「そして、最近暴れ回っている盗賊《とうぞく》の名もギンガだったわね。ガラ一味の首領ギンガ。しかも、義賊《ぎぞく》気取りで、国の財宝ばかり狙って。租税《そぜい》の運搬《うんぱん》途中などに被害が集中していると報告が」

驚いてギンガは目を瞬く。

「お前……」

「っへー。報告って、王がこんななわりに国が治まってるのはあんたが報告受けたり政務してたりしてたのか？」

スマートが煙管《きせる》を銜《くわ》えて言う。

王妃はふんと鼻を鳴らした。

「王がいなくても、大臣たちがなんとかしてくれるわ。そういう体制を作ってきましたもの」

「え、なに、国思い？」

揶揄《やゆ》するような言葉に、王妃はスマートを睨《にら》み付ける。

「私はこの国の王妃なの。この国が傾けば、王妃の私の暮らしや地位も危ういわ。私は一生贅《ぜい》沢《たく》して過ごすのよ」

「……化け物を作って？」

見下して笑ってスマートは言う。

「バカかお前。この様のどこが贅沢だ」

心底呆《あき》れてギンガが言う。

「わかっているわよ！　私だってこんなはずじゃなかったわ！　でも、ああ、どうしてこうなっちゃったのかしら。どうしてだったかしら、あれ？　ええと、そう、あいつが来てからよ。そしてそこのそいつ、そいつが」

スマートはパーミルに視線を向ける。

「そいつ、って、あの」

そのスマートを、王の両手が信じられない速さで掴《つか》み、驚きの声を上げる間もなく自分の腹に押しつけた。そしてそのままスマートは黒いマントに吸い込まれるように消えた。

王は、

「ふむ」

と声を上げてまた肉を食べ始めた。

驚きに凍り付いたギンガは、全身を震わせて王に怒鳴《どな》る。

「どっ……ど、どこにやった⁉」

ぐちゃぐちゃと音をさせながら王は笑いもせずに言う。

「さてな」

肉を飲み込んで王はギンガを見る。

「い、今何をしたんだ!」

王はまた肉を食べた。

「わしは従っているだけだ」

「だ、誰にだ」

「わからん。ただ、命令が来る。考えるのは面倒だ。命令があれば、考えんでいい」

ギンガは唖然《あぜん》とした。自分の記憶の中の王。長じてから集めた情報の中の王。それはけしてこんなことを言う男ではなかった。

「おい、王妃。こいつ、どうしちまったんだ」

「わからないわよ! 私には判《わか》らないわ! どうしてこうなっちゃったのよ! もういや、もういやぁああ!!」

錯乱《さくらん》する王妃の胸元を引っ摑《つか》んでギンガは凄《すご》む。

「おい、落ち着け! お前は俺の母親と俺を王宮から追い出した女だろう!? その悪知恵の冴えはどうした、何処《どこ》へやった! しっかりしろ悪者だろうが! 悪女なら悪女らしく、どうしてこうなっちゃったんだろうとか言うな!」

王妃はきょとんとして、それから風船から空気が抜ける様な息を漏《も》らした。

そして笑った。

それからギンガに言った。

「あんたふざけんじゃないわよ！　あたしが王妃にまでのし上がるのに、どれだけ頭使ったか考えてみなさいよ！　敗軍の王女よ⁉　たった八才よ⁉　それがさあ‼　なんなのよふざけんじゃないわよ！」

「おい、王女がなんて言葉の使い方だ」

「そのあと五年下町で泥水飲んでたのよ‼　それが、あたしの知識が必要だかなんだかで、この王宮に迎え入れられて、それからあたしの人生がはじまったわけよ！」

「……知識ってなんだ」

王妃はギンガを見上げて言った。

「だから、不死よ。魂《たましい》は不変で、肉体が滅びたら別の肉体で生まれ変わるという考えから、だったら魂のない肉体を作って死ぬときに横に置いておれば魂が入るだろうって研究よ」

「アホくせ」

ギンガの短い感想に、王妃は呆気《あっけ》にとられ、気をとりなおしてなんとか言った。

「身も蓋《ふた》もない事言わないでくれる⁉」

「知るか。死んだら死んだでいいじゃねぇか。花だってダラダラ咲いてたらみっともねぇのに、寿命《じゅみょう》以上を欲しがるなんて不様《ぶざま》だぜ」

「ま、あたしもそう思うけどね。あたしとしてはどっちかっていうと不老の研究をして欲しかったけど。下で逢《あ》ったかしら。プラティラウってヤツが、つい一月《ひとつき》前にやってきてからおかしくなったの。このひとに何か吹き込んで」

「ああ」

王が肉を食べながら答えた。

「いいな。死なないのはいい。うん」

「それで、凍結してた研究を再開させて。あたしはやだったのよ。そんなことよりやったほうがいいことたくさんあるんだもの。でも、前は何年やっても上手《うま》く行かないのが、あっさりできて。でも失敗作もいっぱいできて。人間ぽいのはそこにいる生意気なのだけよ。なんのために研究したのか、これじゃわかりゃしないわ」

「いいんだ。死なないのがいいんだ。うん。時間がかかるからきっと」

王はそう言った。

ギンガはなんのことだか判《わか》らなかったが、王妃が続けて言う。

「この人はこんなんだし、あー、もうダメよこの国、っあー」

「ホルイー姫は?」

「知らないわ。この一ヶ月であんなよ。この人もね。おおかた、パーミルってヤツ作るために精気を吸い取られたんじゃないの。この肉なんだか知ってる?」

王妃は王が食べている肉を指差す。

「知りたくもねぇな」

「あの怪物の臓器よ。人間にはないところ。名前も役割もわからないわ。気持ち悪いったら。……ほら。こまめに拭《ふ》かないと、口と胸が爛《ただ》れるから。ちょっと、あなた、動かないで」

「うむ」

王はわずかだけ肉を食べるのをやめ、王妃に口元を拭かせた。

ギンガはなんだか気持ちが萎《な》えるのを感じた。

絶対殺してやると思っていた王と王妃だ。

母と自分を荒野に捨てた王と王妃だ。

たおやかで儚《はかな》く、優しかった母は死んだ。

王と王妃が許せない。

その気持ちでここに来たというのに、なんだこの不様《ぶざま》な二人は。

情けない。

ギンガは顔を歪《ゆが》めると、刀の切っ先を王妃から外した。

「……スマートを何処《どこ》にやった。助けに行く。教えろ」

「ん。わからんな」

じゅぶんと肉を食べて王は言った。

「なんだと？　ふざけんな」

「ちょっと、やめてよ……私たちもわかんないこと多すぎるのよ。女官もいなくて、あーあー、あたしも食事どうしよう。食べる気もしないけど。お酒だけはあるから、酒だけ飲んで餓《が》死《し》するのもいいかしら」

ギンガはそれを聞いてふっと笑った。

「バカだなぁあんた。王妃なんだから、餓死なんかじゃなくてちゃんと市民に吊《つる》されろよ。歴史に残ろうぜ?」

誘うように優雅に片手を開いて言われた言葉に、王妃は目を丸くし噴き出して笑った。

「そうね! せいぜいあるだけの宝石をつけて、市民どもが来るのを待ちましょう。……そのためにあなた、なにか市民どもに話せるような事実を探ってくれないかしら。どう伝えてもいいわ。ただ、訳が分からないのはいやだわ」

「なんで俺が」

「ついでよ」

偉そうに言われ、ギンガは少しおかしくなった。

「ハッハ。なんで俺があんたの願いを聞くんだ?」

「それもそうね。でも言ってみもしないで諦《あきら》めるのもどうかと思うし。……ああ、ほら、あなた。ちゃんと拭いて」

「ん」

ギンガは自分の言ったことを考える。

そうだ、こいつらは市民どもに吊されればいい。俺が手を下すまでもない。

ギンガは刀を鞘《さや》に収め、王に言った。

「王。ガキと同じことを俺にしろ。何処に行くにしろ同じなんだろ」

「ワシは知らん。命令は来とらん」

「じゃぁ、試してみるからよ」

「ちょっとあなた。どうしてさっきの子供を助けに行くの？」

王妃に言われてギンガは少し考えた。そして答える。

「わかんねぇよ。でも助けに行くんだ。悪いか」

王妃はふーんと鼻を鳴らす。

「いいわ。別に。いってらっしゃい」

「何でお前にそんなこと言われなきゃならねぇんだ」

王は肉を持っていた手を王妃に差し出して拭かせ、王妃はハンカチを三枚使って丁寧《ていねい》に拭いた。

ひどくむくみ、変色した肉腫《にくしゅ》の目立つ両手が伸びてくる。ギンガは僅《わず》かに怯《ひる》んだけれど、わざと王を睨《にら》み付け、不敵に笑ってみせる。

「不様《ぶざま》極まりないな。これがお前の野望の果てか？　俺はお前の中から繋《つな》がる場所を、この目でしっかり見てくるぜ」

山脈のどこかに、天の井戸って言われるところがあってね。

ギンガの脳裏《のうり》に甦《よみがえ》る。ティルファの言葉。

何故だ？

何故そんなことを思い出す？

「……ハンイーと、同じ目の色をしておる」

王が言った。

正気の目の色のように見えた。

だがちがう。

違うに決まっている。

変形した両の手のひらが、ギンガに伸びてその両肩をそっと摑《つか》んで引き寄せた。

「おいで。ギンガ」

ちちうえ。

僅かに残る記憶が強く甦《よみがえ》り、眼前の不様な男と重なる。他の全《すべ》てが違っていたが、そのまなざしだけがどうしようもなく一緒《いっしょ》だ。

ギンガは鼻の奥が痛くなる。何故だ。胸も痛い。そんな自分に腹が立つ。

悪態を吐こうとしたが、思いつかず目を閉じた。

ギンガを自分の身体《からだ》に押し込んで、そして消してしまったら、王は食べるのをやめた。

王妃は一度、王の胸元を口元を綺麗《きれい》にしてやり、そのまま静かに座っていた。

「レアン」

「はい」

「わしは、どうして永遠の命など欲しかったのだっけ」

「存じません」

ギンガがいなくなってしまえば、サルドニュクスとパーミルが闘う音だけが広い室内に響いていた。

それに気を取られもせずに王は言う。

「そうだ。プラティラウが言ったんだ。息子を捜すにも、許してもらうにも時間がかかるだろうと。病《やまい》に冒されたこの身では、時間が足りないんだと」

「左様《さよう》ですか」

王妃の返答は優しかった。王の手を取って、そっと撫《な》でた。

「レアン」

「はい」

「ホリィはどうした」

「ベッドに」

「そうか」

少し黙って、王は言った。

「わしはもういいよ。命令が来ても、わしはもういい。肉を食べ続けなくてはすぐに死ぬと言われていたけど、うん、わしは、もういい」

「あら、陛下《へいか》」

王妃はくすりと笑った。

「いけませんわ。私たちは、市民たちに吊《つる》されなくてはなりません。堂々と、衆目《しゅうもく》の前で血の泡《あわ》を噴いて死ななくては。私たちの死骸《しがい》は鴉《からす》につつかれて崩《くず》れ去らなくてはなりません。……そうでもしなくては、外法《げほう》に淫《いん》したけじめがつけられませんわ」

「そうか」

王は苦笑した。

「レアン、お前はいつも頭がいい」

夜に咲く花のように王妃は微笑《ほほえ》む。

「はい。墓になど入って、ハンイーと死後添われてはかないませんもの。お慕《した》いしておりますわ、陛下。私と地獄に参りましょう」

王は静かな視線で、闘っているサルドニュクスとパーミルを見つめた。

「あの子たちに、けんかはよくないと言わねばならぬか」

「放っておいてよろしいわ。男の子ですもの、喧嘩《けんか》くらいします。それより私を抱いてくださいな」

王妃は王にそっと寄り添い、身体《からだ》を預けた。


時間は少し戻る。

スマートが王の前に飛んだ直後、パーミルは腰に下げていた剣をすらりと抜いて、サルドニュクスに迫った。身体の横に構え、サルドニュクスの身体を貫《つらぬ》くために鋭く突き込んだ。

サルドニュクスは体をかわしてそれを避けるがパーミルはたたらを踏むこともなく流れるように次の動作に移った。右に立ったサルドニュクスの身体を、足を踏ん張り上半身を回転させて薙《な》ぎ払う。サルドニュクスはまた軽々と避けたが剣の切っ先が頬《ほお》をかすめた。

鋭い痛みに顎《あご》を上げ、パーミルを見おろす。

パーミルは流れた血に満足そうに笑い、また突いてきた。その瞳には集中と歓喜によって、サルドニュクス以外の何者も映っていない。

避け続けるのは難しいと判断して、サルドニュクスが懐《ふところ》からペンを出した。

「魔法は私には通じないよ、黒！」

その間もパーミルは白銀の髪を散らしながら、突き、斬《き》り下ろす。

「犬みたいに呼ぶな」

避けながらサルドニュクスは短く呪文《じゅもん》を紡《つむ》ぎ、ペンを上下に振る。

ペンは上げられたときは確かにペンだったのだが、振り下ろされたときは剣になっていた。

パーミルは驚きもせずに剣を薙《な》ぐ。サルドニュクスはそれを手にした剣で受けた。部屋の中に金属音が響いたが誰も気にしない。

「パーミル・クアッドリリオン」

「なんだい、黒」

「君が八翼白金《はちよくはっきん》に忠誠を誓《ちか》っているわけではないのなら、僕は誘おう。僕の手伝いをしないかい」

重なった剣と剣越しに、二人は言葉を交わす。

二本の剣は力の拮抗《きっこう》を示して震え、軋《きし》む。

「忠誠を誓っているわけではない。だが、翻意《ほんい》は」

パーミルは言葉を切って剣を斜めに外した。サルドニュクスの剣がその動きに誘われ、斜めに滑りバランスを崩《くず》す。

「醜《みにく》かろう！」

　パーミルの剣がサルドニュクスの腹を狙う。サルドニュクスは剣でその切っ先を払う。間を取り、いつでも飛び込めるように踵《かかと》をつけずに立って、パーミルは語る。

「私は人間ではない。だが、ひとの形をしてここにいる。先刻も言ったろう。八翼白金様は私に生きる目的をくれたのだ。恩人といってもよかろう」

　サルドニュクスから視線を離さず、パーミルは剣についたサルドニュクスの血を指で取り、舐《な》める。

「お前でもよかったよ、確かにな。だが、すまんな。先着順だ。そして、お前の血は美味《うま》い」

「作り物だがね」

「結構。この世界の何が、一体何で出来ていると把握《はあく》しながら食す動物は少なかろう」

　サルドニュクスは僅《わず》かに目を細める。

「君は血が源《みなもと》か」

「おっと、誤解しないでくれ。獲物《えもの》に直に牙を立てたり、その行為で仲間を増やしたりはしない。そういうものたちもいるというがね？　私の食事は人間の血液だ。そう、黒、お前の擬態《ぎたい》も大したものだ。最高だ、お前の血は」

「血液サラサラになる食事を、この間までしばらくレモンサラダページとか見ながら作っていたからな」

　訳の分からない単語を唐突《とうとつ》に聞いて、パーミルは凍《こお》り付く。

「な、何?」

その間にサルドニュクスは踏み込む。パーミルは慌《あわ》てて剣で受けた。

「レモンサラダページって何だ」

「雑誌さ。料理の作り方が細かく載ってる。ジェンが血液検査でドロドロ血だと言われたので、ミジャンが寄越《よこ》したんだ」

「そのレモンサラダページがあれば、誰もが皆お前のような血になるのか?」

目を輝かすパーミルに、サルドニュクスは知るかそんなことは思ったが口には別の答えが上った。

「うんそう」

「そ、その料理の作り方を覚えているか? 私におしえてくれるなら、そうだな、譲歩《じょうほ》を考えてもいい」

わくわくとした顔、上気した頬《ほお》でパーミルは言う。

サルドニュクスは晴れやかに笑う。

「そんな嘘《うそ》に誰が乗るか」

「どうしてばれている」

二人は同時に剣を外し、お互い剣を振った。サルドニュクスは肩口から胸まで、パーミルは脇腹から胴の中央近くまでを剣で斬られた。

二人からは血が噴き出たが、サルドニュクスは斬られて不安定になった肩口を手で引き寄せてくっつけると、パーミルはそれをするまでもなく肉と肉同士があっという間に繋《つな》ぎ合い、治《ち》癒《ゆ》した。お互い服にひどい破れは残ったが、最早《もはや》肉体に傷一つ無い。

「なるほど……お互い人間ではないなぁ」

サルドニュクスが微笑《ほほえ》み、パーミルも笑った。

「そのようだ。ところで、スマート様は何処《どこ》へ行かれたかな？」

言われてサルドニュクスは目を見開く。ギンガもいない。

その戸惑いの隙《すき》に、パーミルは剣を鞘《さや》に収めると笑いながら駆け去って部屋を出た。

「こわいこわい！　黒い魔王がお怒りだ！」

サルドニュクスはパーミルが部屋の外に消えるのを見、短い舌打ちをして剣をペンに変えて上着の中にしまった。

そして王の前に行き、僅《わず》かの間に縮んでしまったように見える王に訊《き》く。

「女の子がいたろう。どこへやった？」

「わからん。肉を食べるのをやめたから、もうわしは繋《つな》がっていない」

サルドニュクスはかがむと、王の身体《からだ》に触れた。

次元の穴の残り香があったが、もうただの布で、ただの身体だった。

「ギンガが、行ったよ」

王は柔らかく微笑《ほほえ》んだ。

「わしには子供が何人かいたんだが。もうここにいるのはホルイーだけだ。わしはギンガを昔捨てたんだが、なぜかなぁ、病《やまい》になってから、ギンガのことばかり気にかかる。ちちうえ、とわしを呼んだ声ばかりが耳に甦《よみがえ》るのだ。その度《たび》に胸が苦しい。探し出して許して欲しいと思っていたが」

病気の老人の吐くような息を、身体が萎《しぼ》むほど漏《も》らして王は目を閉じた。

「ギンガは立派な男になっていた。もう、わしはそれでいい。許されんでもいい。もうわしは、レアンとともに吊《つる》されよう」

王妃はその言葉を、涙を浮かべながら微笑《ほほえ》んで聞いていた。

それはそれなりに美しい図だったのだが、サルドニュクスは手袋を嵌《は》めたままの手で王の胸に触れると呪文《じゅもん》を紡《つむ》いだ。

室内に、雷の落ちる音が響き、王は全身の毛を逆立てて硬直し、口から黒い煙を吐き出した。

「……やっぱりまだ加減が出来ないな……」

サルドニュクスは渋面《じゅうめん》で呟《つぶや》き、手のひらを開いたり閉じたりした。

そして手を開いて何かゴミでも落とそうとするかのように振ると二人に言った。

「死ぬなら勝手にすればいいが、まだだ。とりあえず生気は注いだ。気の流れが滅茶苦茶《めちゃくちゃ》だから、高熱に苦しむかも知れないが、しばらくは生きている。僕に必要な情報を、君たちが知っているかも知れないからな」

唖然《あぜん》としている王と王妃を見て、サルドニュクスはいやな顔をした。

「……なんだ？　君たちも翻意《ほんい》は醜《みにく》いとか言う口か？」

王ががばりと立ち上がる。

「ホルイーにこれをしてやってくれ!!」

「まだ保ちそうなんだろう。ならあとまわしだ……とはいえ、ギンガ待ちかなぁ。だったらいいか。案内して」

「おお!!　こっちだぁ!!」

見違える様に元気になって、王はホルイーの部屋に向かう。

ぽつんとひとり残された王妃は、

「……なんなの……？」

と、呟《つぶや》いた。

すっかり覚悟したのに。

このまま陛下《へいか》と劇や歴史のひとのように死ねると思ったのに。

陛下が元気なのでは、このまま死ぬというわけにはいかなさそう。

がっかり。

そう思っている自分に気がついて、なんだかおかしくなった。

王妃《おうひ》はひとりで噴きだし、それからひとしきり笑って立ち上がる。

吊《つる》されてもいい。

それもいい。

そのほかのこともいい。

どうでも。

愛する男が元気になった。

それだけで嬉しかった。

「待って下さいな、陛下。それに若造、無礼ですよ、陛下の御前《ごぜん》で」

と、自分ながらなんだかおかしいと思えることを言いながらふたりのあとについて、ホルイーの部屋に向かった。

第八章　悲劇の姫君

ギンガは目を開けて周囲を見る。

自分が床に足をつけて立っているのを知る。

音がしない。

不安になるほど暗くもないが、何も見えない。

「おい」

……あのガキの名はなんと言った。

鉄色の髪、少女と呼ぶには違和感のある存在。煙管《きせる》なんかふかしやがって。背が伸びなくなると、育ての親の盗賊《とうぞく》に言われてギンガは吸おうと思わなくなった。

俺くらいになったら覚えればいいさ。でないと、お前の綺麗《きれい》なかあちゃんに申し訳が立たねえからよう。

言って笑った、ヤニで汚れた黄色の歯。

今は荒野で隠居《いんきょ》して、役人が来てもただの牛飼いと素通りする生活の、盗賊《とうぞく》の首領。

お前のほんとの親父《おやじ》にいつか、逢《あ》えばいい。

逢って、お前が全《すべ》てを決めればいい。

首領を替わると盗賊団の全員に告げた夜、やっぱり煙草《たばこ》を吸いながらギンガに言った。ギンガは答えた。

何も変わらねぇよ。

絶対殺す。

それだけだ。

きつい煙草の匂《にお》いと煙。ギンガは山羊《やぎ》の乳で煮出した紅茶を飲んで、元首領の傷と皺《しわ》だらけの日焼けした顔を見た。

盗賊は深く微笑《ほほえ》んで、そうか、とだけ言った。

俺の親父はあんただけだよ。

そう言った。恥ずかしかったが、恥ずかしさに負けて大事なことを言わないことの方が、恥《はじ》だとそのときギンガは思った。首領が言った。

お前は俺の息子だ。

だから、いいんだぜ。あとはなんでも。

お前は、俺の、誇りだ。

一語一語区切って言われ、なんと答えていいのか判《わか》らなかったが踏ん張った。

任せろ。親父。

そう言って、笑って見せたつもりだったが上手《うま》くいったかどうかはわからない。

どうして俺は王を殺さなかったんだろう。殺す必要もない、あんな。だけれど好機には違いなかったのに。

手を伸ばして、名を呼んで。

「……くそ……」

胸の中の何かが揺らぐ気がした。

こんなことを考えている場合じゃねぇ。

なんていった、あのガキ。

眼鏡《めがね》のあの変な女、ティルファはなんて呼んでた。

ティルファの声。日向《ひなた》の鳥みたいな声。水につけたり、風に当てたりしたらすぐ弱って飛べなくなりそうな鳥みたいな声。

そんな鳥には触らずに声を聞くのが一番いいと、誰もが知っている。

あいつの声を、言葉を思い出せば名前なんかすぐ思い出せる。

私はギンガさん好きなのに。

……そうじゃない。クソ、顔が熱い。

ボタンが外れなくってですね。

……それでもない。あんなことするバカがどこにいるんだ。あいつは本当に頭が悪いんだろう。

ギンガさんってバカですね。

思い出して腹が立つ。

あんな投げやりな事言いやがって。

誰に何言われたかって、誰かの本質なんて変わりはしないのに。毅然《きぜん》としていればいいだけだ。俺だって盗賊だから鬼だの悪魔だの言われているが、気にはしない。俺は俺で、俺のことは俺が知っていればいいからだ。だから逆に俺は俺に恥じることはしないし、出来ない。夜中に叫んで飛び起きるのなんか真《ま》っ平《ぴら》だ。

ああ、そう言ってやろう。

あいつはバカだから、きっと俺の言うことを聞く。いや、聞かないかも知れないな、バカだから。

思ったらギンガはなんだか愉快《ゆかい》になってきた。

ここがどこだか判らないまま足を踏み出す。

なんていったっけな、あのガキ。

ティルファの声を思い出す。楽しげに歌う日向の鳥。

スマートさんに助けてもらって。

「スマート」

声は響かず散っていった。

だが、ギンガは悠然《ゆうぜん》と歩き、呼びかける。

「おい、スマート。いるのかよ？　返事しろ」

前方が明るくなる。歩いていけばそこには天蓋《てんがい》付きのベッドがあった。枠《わく》は磨《みが》かれた木に螺《ら》鈿《でん》細工とエナメルの彩色だ。透ける白い布と、草花と鳥の刺繍《ししゅう》された水色の布が重なって、襞《ひだ》を作っている。

象牙《ぞうげ》色の光沢《こうたく》のあるベッドカバーに、スマートが目を閉じて横たわっていた。

その横に、雲のような銀髪と褐色《かっしょく》の髪の、白いローブの男が頭《こうべ》を垂れて座っていた。

「……おい。誰だ、お前。そのガキどうした」

男がギンガを睨《にら》み付ける。

荒れた視線だった。

「名ならプラティラウだ。お前は誰だ。王がここへ寄越《よこ》したのか？」

「誰だってなら名はギンガだよ」

ハッ、とギンガは口の端をあげて真似《まね》をしてやる。

「そのガキどうした。三回目は訊《き》かねぇぞ」

「別にどうもしていない。俺に来ている命令はこいつをこの世界に眠らせておけ、だ」

「そうかい。で、俺は俺の意志でそいつを取り戻しに来た」

「なぜだ」

プラティラウの表情が歪《ゆが》む。笑ったつもりだったのかも知れない。

「いいじゃないか、放っておけば。お前とは関わりがないんだろう？　だって、こいつはこの世界の人間ですらないんだぜ？」

「へえ、そうかい。……で、そこをちょっとどけ」

ギンガはそう言うと遠慮《えんりょ》も迷いもない足取りでベッドに近づき、スマートを抱き上げようとした。

「おい」

プラティラウが焦ってその腕を摑《つか》む。摑まれた腕に灼熱《しゃくねつ》の熱さを感じ、ギンガは手を振り払って一歩下がった。

「いってぇな、何しやがんだてめぇ!!」

ギンガの迫力のある怒鳴《どな》り声にも、プラティラウは動じない。

「触るな。俺は命令を守らなきゃならないんだから！」

「俺はしたいことをするんだよ」

「ああそうかよ」

プラティラウは立ち上がり、眠るスマートを背後に、何もない空間から木の杖《つえ》を取りだした。

　それを見てギンガは目を瞠《みは》り、短く口笛を吹く。

「本格的な魔法使いは初めて見たな」

「だろう。畏怖《いふ》しろ」

「アー。それはどうかねェ?」

　言うなりギンガはプラティラウの下腹を蹴《け》り上げた。プラテイラウは呪文《じゅもん》が間に合わず、蛙《かえる》が潰《つぶ》れたような声を上げてうずくまった。

　ギンガはその横を通り過ぎると、眠っているスマートを抱き上げ、肩に担《かつ》ぐ。

「おい、魔法使い。出口はどこだよ」

　うずくまって震えるプラティラウを軽く蹴り、ギンガは顔をしかめる。

「つーか、このガキは起きねぇのか?」

「っは、ど、どうだろうな?　少なくとも俺はここからお前たちを出さな」

　ギンガがまた蹴った。プラティラウは声を上げて転がる。

「じゃぁ俺はこいつが起きるまで待つからお前は出ていけ。でねぇとまた蹴るぞ」

「わ、わかった、わかったわかった」

　プラティラウは慌ただしく言うと身体《からだ》を丸めたまま小走りにギンガとベッドから離れた。

　くそ、あいつらに関わり合ってから、ろくなことがない。

だが。

痛みに身体を丸めて駆けながら、プラティラウの口元には笑みが浮かんでいた。

かさついた皮膚《ひふ》が重なる細い骨。血管が浮かんでいるホルイーの手は、握っていれば少し温かくなったような気になる。

それを励《はげ》みに、ティルファは何度も、何度も子守歌を歌った。

けれどもホルイーには何の変化も見られず、疲れもあってティルファは自分がうとうとしはじめてしまった。

「いけないいけない！」

ギンガもスマートもサルドニュクスも、きっと闘ってくれているはずなのだ。

それなのに自分だけ居眠りをしているのは申し訳なさすぎる。

両手でぴしゃぴしゃと頬《ほお》を打って、曲目を変える。

「ああ、素晴らしい恋よ、
どうかどうか我らに訪れ、
どうかどうかこの胸をときめかせ、

頬《ほお》をばら色に、胸を豊かに、腰に括《くび》れを、
そして素敵な恋人を、ああどうかどうかもたらして」

昔からある有名な曲だが、ホルイーと共に歌って、

「順番が逆じゃない？　まずは恋人よねぇ」

と言って笑った歌だ。

「っあー。ギンガさんが私の恋人になってくれたらいいなぁー。ねぇ、ホルイー。そしたらね、あなたと練《ね》ったデートのコースを、悪いけど私、先に実践《じっせん》させてもらうわよ？　あなた感想を聞く役よ。それはいやだわって言ってたけどホホホ、だめよ、私が先にするの。そうよ、ホルイー、あなたなんかどこか遠国の王子様とくっついて、デートもせずに結婚しちゃえばいいんだわ。あ、でもそうか、結婚してもデートはできるわね。そしたらあれね、一緒《いっしょ》にデートしましょうか。あー、でもダメかな！　ダメね！　どこかの王子様とギンガさんじゃ、喧嘩《けんか》になるわねきっと。ならなくてもギンガさんがつっけんどんで、ケッ、とか言いそうだものね。あーあー、ギンガさんってどうしてああなんだろう。そもそも私の決死の告白をよ、あんなーでもよさそうに。でもないかぁ。目は白黒してたし、顔は赤かったし、あれはあれで脈ありかなぁ。どう思う、ホルイー。あーんでもフられたらどうしよー。っていうか私これからどうしよー。家にも戻れないし、お金もないし。ちょっとホルイー、起きて私を助けてよ。私困ってるのよホルイー。笑ってくれたら元気でるのにちょっとー。頼むわよちょっとー。ねぇー」

ティルファはそう言って、ホルイーの掛け布団《ぶとん》を軽くぱんぱん叩いた。

「寝てる相手によくそんなに喋《しゃべ》れるね」

サルドニュクスの声が背後からした。

「うーむ、ギンガに振られても恨《うら》まんとってくれ」

王の声も。

「寝てるんだから起こさないであげなさいよ。ほんとに常識のない娘だこと」

王妃の声までして、ティルファは恥ずかしさに総毛立った。

「えっ、なっ、いっ、いつからっ」

冷や汗をだくだく流してぎこちなく振り向けば、部屋の入り口に立っていた三人が声をそろえた。

「デートのコース」

「最初からじゃないですかー!! イヤー!!」

「ちょっと、騒がないで。病人なんだから」

王妃がハンカチを振ってつんけん言い、王が頷《うなず》く。

「あっあれ? 陛下、王妃様、なんか治ってません? 王妃様まともにいつもどおり意地悪だし」

「いつもどおり意地悪とはなにごとよ!」

「あっごめんなさい、正直なのが取り柄で」

「あんたお黙んなさい」

「えっやだ王妃様下品」

「ほんとにあなたを下がらせてよかったわ。何があっても二度と城には上げないから覚悟しなさい」

「あはは、私から願い下げです。こんなおっかないとこ。ホルイー姫は離宮《りきゅう》に下げてくださると私、嬉《うれ》しいんですけど」

「遊びに来るつもり？　図々《ずうずう》しい子だね。駄目《だめ》よ」

ティルファの顔が泣きそうに歪《ゆが》む。

王妃はそれを見て少し慌《あわ》てた。

「ちょっと。お泣きでないよ」

ティルファがまた泣きそうになる。

王が一歩進んだ。

「……少女の身で、ここまでご苦労だったな。ホルイーのために。ありがとう」

これで落ち着くかしらと王妃は思ったが、目の前の眼鏡《めがね》の小娘は泣き出した。

「ちょ、ちょっと！　泣かないでよ、礼を言われて泣くなんてどうかしててよ、あなた！」

なんと言ったっけ、この娘。

ホルイーの話し相手にと勧められ、毒にも薬にもならなそうだと城に上げた娘だ。

まさかこんなところにまで来るだなんて、考えもしなかった。

「ほら、ちょっと。顔貸しなさい、拭《ふ》いてあげるから」

そうは言いながらも王妃はティルファに自ら近づいて、あふれる涙と鼻水をハンカチで拭いた。

「もう、みっともないわね。汚いし」

「ううー。うううー。すみません、王妃様が普通なんで、ちょっと、気が抜けて」

ティルファは唸《うな》りながら泣いた。

「大丈夫《だいじょうぶ》よ、ほら、陛下だってあの黒いのが治してくれたんだから、ホルイーだって治してくれるわ。……あの人、なんて言うの名前。ああもう汚いわねぇ、ハンカチあげるから自分でおやんなさい」

ハンカチを受け取り、鼻を拭いてティルファは言う。

「あのひとはサルドニュクスって言います。たっ、助けてもらって、うぇえええ」

また大きな声で泣き出したティルファに、王妃は顔をしかめる。

「王妃様、ホリィ治りますよね⁉　なんであんなんなっちゃってんですか⁉」

「……知らないわよ。いや、知ってるけど。……陛下が病気で、それ治すために魔法であれこれね……」

歯切れ悪く王妃は答える。

「ホリィ、治りますよね⁉　私、怖い……‼」

そしてティルファは自分でもわからない恐怖にうずくまり、ハンカチを顔に押しつけたままおいおい泣いた。おかしい。なんだろう、この不安は。

サルドニュクスは、ティルファも王も王妃《おうひ》も置き去りにして、ホルイーのベッドに向かった。

ホルイーはぼんやりと、生気のない目を虚空に向けて僅《わず》かに呼吸だけを繰り返している。

月光に照らされるその顔を見て、サルドニュクスは微笑《ほほえ》む。

「悲劇の姫」

ひび割れた額《ひたい》に落ちる、藁《わら》のような髪。

それを、自分の血で汚れた手袋の指でそっと払う。額には血のあとがついた。

「正直意外だったよ。君がこんな役を買って出るとはね」

ホルイーの様子は変わらない。

「……異形《いぎよう》の王か、策謀《さくぼう》の王妃か、悲劇の王女か。どれかと思っていたけれど、王も王妃も本物だ。消去法で、君が八翼白金《はちよくはっきん》だ」

サルドニュクスの声は楽しそうだった。

「今の僕は君に太刀《たち》打ち出来る魔力を持っていない。君の絶対優勢だ。だからいいだろう、さあ、起きて話をしようじゃないか」

ホルイーがゆっくり目を瞬いた。

「そうだな」

その声はホルイーのものではなかった。

腕がベッドから抜かれる。

月光に光って、それは羽毛に包まれ、翼になる。

もう一方もそうだった。

白金の翼を持つ、ベッドからあふれて落ちてしまいそうな羽毛の固まりの異形のもの。

神々《こうごう》しさか、禍々《まがまが》しさか。

どちらともつかないその迫力に、王妃と王は戦慄《せんりつ》して抱き合った。

室内で、八翼白金は、その四対《つい》の翼を羽ばたかせた。風が巻き起こる。

その、嗅《か》いだことのない匂《にお》いの混ざる風を吸い込んで、ティルファは瞳を燃やして言い放った。

「……ホリィはどこに行ったの⁉　ホリィを返しなさい‼」

八翼白金は笑った。

喉《のど》をそらし、愉快《ゆかい》そうに笑う。

その声は、貝を擦《こす》り合わせたような耳障《みみざわ》りな音で、とても美しいとは言えなかった。

「ホルイー姫か。かわいそうにね。我の好みじゃなかったけど、今回はいい役どころだったから、我にかわってもらったよ。何処《どこ》にやったっけ。忘れちゃったなァー」

「返して!!」

「ティルファ。悪いけど、僕の話が先だから」

サルドニュクスは淡々と言う。

怒りに息を荒げて、ティルファは唇を噛《か》みしめた。

ちくしょう。

ちくしょう。

ちくしょう。

ここまで来て。

ここまで来たのに。

なんだこいつは。

汚い言葉が出そうになるのをこらえる。

罵《ののし》るのに抵抗があるわけではなく、こらえるのはただ、サルドニュクスに制されたからだ。

目の前の白いのに今すぐ飛びついて、首を絞《し》めて羽根を全部千切《ちぎ》ってやりたい。

私のホリィを。

なんだこいつは。

月光に照らされて、サルドニュクスの服がひどい破れ方をし、そして血まみれなのに気がついたが、だからどうだという感情が動かなかった。平気そうだし。

サルドニュクスは淡々と白金色の怪物に話している。

「はじめまして八翼白金。あらためて挨拶《あいさつ》しよう。僕は十六翼黒色《じゅうろくよくこくしょく》。きちんと話すのは初めてじゃないかな」

「ああ、そうかもねぇ」

「僕の話はすぐ終わるから、黙って聞いてくれ」

「いやだな、我ってそんなに落ちつきない？」

八翼白金の軽口にも、サルドニュクスは動じない。

「スマート・ゴルディオンに手を出すな。烙印《らくいん》を外して、退屈しのぎには他の人物を捜してくれ」

八翼白金はいかにもどうでもよさそうに、自分の羽根を一枚取るとくるくる回した。

「時の環《わ》に触れたものなら、他にもいる。パーミルにも言ったけれど、君と同行するのを喜びそうな人物をひとり知っている。紹介しよう」

「……なんでスマートはだめなのー？」

「君が強引に烙印なんかつけるからだ。本人がいいならいいさ」

「なら、ダメだ」

八翼白金は楽しそうに笑う。

「だって、我がスマートに目をつけたのは君と旅をしているからだ。魔王の香りが強くしていたからね。ローラントでさ」

「それで強引に烙印を?」

「そう！　それで、君のことを知ってももっと欲しくなったね！　ほら、他のヤツが持ってるものって欲しくなるじゃん！　あはははは！」

サルドニュクスの微笑《ほほえ》みは変わらない。

「スマート・ゴルディオンは僕の持ち物ではないよ」

「そんなことないよ！　他の魔王も滅多《めった》に持ってないよ、あんなの！　我だって欲しい、あれ！」

「あれ、とか。そういう言葉であらわすものでもない」

八翼白金が笑ったまま目を剝《む》く。室内に暴風が吹き荒れた。シャンデリアのクリスタルが吹き飛んで、壁に当たり床に転がる。

「じゃなんだよ！　なんだよ偉そうに！」

その暴風にあって、黒髪も衣服の裾《すそ》も千切《ちぎ》れそうにはためかせながらも、サルドニュクスの表情は変わらない。呼吸一つも変わらない。

その唇が言い放つ。

「知らないなら教えてあげる。スマート・ゴルディオンの存在によって、僕が手にしているものは友愛だ」

十六翼黒色のわけのわからない迫力に、八翼白金は僅《わず》かに黙った。

「ティルファとホルイー姫が繋《つな》いでいるように。恵まれた人間が手にするそれを、僕はスマート・ゴルディオンによって手にしている。意味が分かるか八翼白金。魔法や烙印によってでは、それは手に入らないものなんだ」

サルドニュクスは八翼白金を見たまま、告げる。

「だから、諦《あきら》めろ」

第九章　眠れるスマート・ゴルディオン

八翼白金《はちよくはっきん》の白銀の眼は怒りに燃え、顔が歪《ゆが》む。

室内に荒れ狂う風に、ティルファは床に這《は》い、身体《からだ》を丸めて呼吸を求める。そうでもしないと吹き飛ばされそうだ。薄目をあけて見ると、サルドニュクスがすっくと立っていた。ああ、やはり彼は人間ではないのだと思う。

「ちょっとあんた！　こっちに来なさい！」

風が僅《わず》かに弱まった時、王妃《おうひ》の声が届いた。

首を巡らせてみれば、王と王妃が部屋の隅に座り込んでいた。王は王妃をしっかり抱き、王妃はティルファに手を差し伸べていた。

叫んでいるが風の轟音《ごうおん》で声が聞こえない。

椅子《いす》が吹き飛んで壁に当たり、背と脚が折れたのを見てティルファはぞっとする。少なくとも王と王妃のいる場所は安全なように思えた。

顎《あご》が絨毯《じゅうたん》を擦《こす》るほど身体を低くし、蜘蛛《くも》のように這《は》いずる。

王妃が頷《うなず》き、ティルファを励《はげ》ますように大きく手招きした。

すさまじい風だった。

魔法というのがこれほどまでに強いのなら、なるほど、人間を一体作り出すのは簡単なことだろうとティルファには思えた。

でも、それなら。

友達だって、恋人だって、いくらでも作り出したらいいのに。

なんでもできるならそうすればいいのに。

なのにあの白金色の魔王はどうしてそうしないのかしら。

吹き飛ばされそうだ。靴《くつ》は脱げてしまった。靴下も出来れば脱いでしまいたかったが、絨毯《じゅうたん》から手を離せない。

王妃様と陛下の声がする。

もう少し。

もう一歩。

絨毯を摑《つか》もうと手を伸ばしたら、痛いほど握られて引きずられた。そして王と王妃に抱きしめられる。

「よくやった!」

王が言う。

はっきりした声と視線だ。王妃がばたばたとティルファの身体《からだ》を叩く。

「よしよし、ここなら吹き飛ばされないから。よく来た。よく来たね」

「はい」

王が暴君でも、王妃が意地悪でも。

自然の猛威の前にひとが団結するように、今は過去も未来も関係なく、王も王妃もティルファを思い遣《や》ってくれた。

さあ、あとは嵐が過ぎ去るまで待つだけだ。

幸い、風が強いだけだし、サルドニュクスと言う頼りになるひともいる。

「陛下、王妃様、大丈夫《だいじょうぶ》ですよ。もうすぐサルドニュクスさんがどうにかしてくれます」

自分を導いてくれたことが嬉《うれ》しくて、ティルファも自分が王と王妃を励《はげ》ましたかったからそう言った。

「それに、ギンガさんもきっと来てくれます。……あ、キア！　キアは⁉」

今までキアのことを忘れていた。ここまで乗せてくれた、ギンガの馬。

「うむ、廊下《ろうか》に出しておいた」

王が言い、ティルファはほっと溜息《ためいき》を吐いた。

「あっこら、泣くんじゃないよ！　さっきもその顔してから泣いたんだから」

「泣きません」

三人がいる部屋の角は何故か風が緩《ゆる》やかだった。こうして会話も出来るし、呼吸も楽だ。

サルドニュクスがなにかしてくれているのかも知れない。

そう思うと勇気が出た。

あとはギンガさんがここにいればいいのに。

「娘さん」

「はい」

王に突然呼びかけられて、ティルファははっと顔を上げる。

「ここまでのことを余《よ》に話せ」

優しい声音《こわね》だったが、言い方がおかしく思えてティルファは吹き出した。

「さっきまでと別人みたい。元気になるとそうなんですね、陛下《へいか》」

「無礼である！　ちょっと！」

王妃が言って、その言い方もおかしくてまたティルファは笑う。

「王妃様も、さっきまでの話し方が楽なんじゃないんですか？　どっかのおかみさんみたいなの。うふふ」

王と王妃は視線を合わせて笑みを零《こぼ》した。

「娘さん。それはそうだの。……なぁ、これまでのことを話してくれんかな？」

王はそう言い直して、ティルファは頷《うなず》いた。

「わかりました、陛下。私はあまり頭がよくないので、上手《うま》くお話しできるか判《わか》りませんけど、わからなかったら訊いてくださいね」


「……お前、ほんっとに腹立つよなぁ……！」

八翼白金はサルドニュクスを睨《にら》み付ける。

「別に」

サルドニュクスは静かに微笑《ほほえ》んだまま言った。

「でも、僕の中の魔王の知識が言ってるよ。君もだろう」

「何をだよ」

地の底から湧き出るような声で八翼白金が言う。

「魔王は、魔王を滅せられない。……魔族に及ぼす影響が過大すぎるからだ。君だって、自分の眷属《けんぞく》が嘆《なげ》くのはいやだろう？　ましてや、僕が消えるときにその世界の魔族のあらかたを消し去ってしまうだなんて」

「……魔力がなければ……」

「わかってるくせに」

サルドニュクスはくすりと笑う。

「魔力がなかろうがなんだろうが、魔王は魔王だ。何の魔力もない虫に変わっていてすらね。……魔王は、寿命《じゅみょう》を全《まっと》うする以外に消滅はあり得ない。だからこそ君は、供を欲しがるのだろう？」

八翼白金は唇を引き結んでサルドニュクスを睨《にら》み付ける。

「我ら魔王はただ、魔力の依代《よりしろ》。本来であれば我らの意識は魔力を統合するためだけにある。……だが、悲しいかな、八翼白金。僕らは退屈と孤独に倦《う》む人間という厄介《やっかい》な本性を持っている。わかるよ、君の悲嘆《ひたん》はね」

「わかるもんか。お前なんか生まれたばかりじゃないか。我はお前よりもずっと長く存在しているんだぞ」

「三翼銅《さんよくどう》なんかもっと長いよ」

「アレ、魚じゃん」

「……君は僕よりももっとずっと子供の時分に魔王になったように見えるね」

「うるさい」

「君が魔王になったとき、傍には誰もいなかったのか？」

「うるさい!!　我はもうお前と話なんかしない!!」

八翼白金とサルドニュクスの前に、高音域の耳障《みみざわ》りな音を立てる小さな丸い発光体が現れた。

暗幕に空いた穴に、ちょうど南中の太陽が当たれば。いや、それをもっと強くしたような。部屋の隅にいるティルファたちでさえ眩《まぶ》しさに目を覆《おお》う。

「お前を滅せずとも、スマート・ゴルディオンが手に入れば我の気は済むんだよ!! もういい、お前なんかどこか別の世界に飛べ!」

「……確かに僕には今、魔王と呼べるだけの魔力はないけれど」

サルドニュクスは懐《ふところ》からペンを取り出す。

右手の指で一回転させて、キャップを外して。そのキャップを八翼白金に向けた。

「見えるかな?」

キャップの内側、円形の頭頂に、緻密《ちみつ》な魔法文字が描かれていた。

最早《もはや》その細部は人の目には見えない。

だが、八翼白金の目には見えた。

反射の魔法陣。

その意味を、魔王である八翼白金は正しく理解する。

「見たね」

自分が今発動しているのは遠い世界にサルドニュクスを吹き飛ばすための魔法。

サルドニュクスは微笑み、八翼白金は舌打ちをした。

「三翼銅から預かってたんだ、この魔法。君が見ることが条件で発動する。君が発動した魔法を、君に返す魔法陣。だから」

八翼白金は何か呪いの言葉を吐いた。

そして暴風と共に消えた。

「……だから、少しの間、さようなら」

サルドニュクスはそう言うと、ペンにキャップをした。

そして静かになった室内を歩き、月光の差し込む窓を開ける。

「陛下《へいか》。王妃《おうひ》様。……あの哀れな怪物たちを、残らず安らがせてやらなければならない。僕がやるから、研究をしていた場所を教えてくれ。そこで術をしかけて、探しますから」

外の、静かな風が入ってくる。

王と王妃、そしてティルファは、ほーっと長い息を吐いて力を抜いた。

ティルファは、自分が立ち上がれずに全身が震えていることに気がつく。

「あ、あれ……」

王妃がその様子に気がついて笑う。

「ほほほほほ、所詮《しょせん》小娘ねねねね。どどどうしたというののの」

王妃も似たような状態だったので、ティルファは笑う。

「しししんどかったですねぇえ」

「いい一緒《いっしょ》にしないでよねええほほほほほ」

「ごご無理なさささらないいいい、あっ、あのーササササルドニュクスさん」

ティルファは泣きそうな顔でサルドニュクスを見た。

「ホリィとギンガさんとスマートさんは？　だっ、大丈夫《だいじょうぶ》っ？　で、ですかっ？」

一瞬、サルドニュクスは驚いて目を瞠《みは》る。

他人の心配なんてまずは安堵《あんど》してからじゃないのか。

くすりと笑ってティルファの前にしゃがみ、めちゃくちゃになっている髪をほどくようにそっと撫《な》でた。

「大丈夫だよ。今から僕が迎えに行こう」

王の前に座り直し、サルドニュクスは王の胸に手を当てる。

「ああ、まだ少し開いている。……ここから失礼する」

言うと躊躇《ちゅうちょ》なく王の身体に頭から突っ込んだ。

前転の要領で飛び込み、立ったらそこは次元と次元の狭間《はざま》に作られた何もない空間だった。

サルドニュクスは床に立つと、あたりを見回した。

「……八翼白金も手を抜いたな。連鎖する種をいくつか仕込んでおくだけで、空も大地も出来るだろうに」

こういう簡易な魔法空間なら、自分だって扱いはわかる。

とん、と軽く靴《くつ》の底で床を叩く。

目の前に寝台が現れた。

ギンガが悠々《ゆうゆう》と寝そべり、スマートと共に眠っていた。

「ギンガ」

サルドニュクスが声をかけたらギンガはすぐに目をさました。

「あー……来たか……」

口元に落ちた涎《よだれ》を拭《ふ》いて、のそのそと起き上がる。

「寝てたのか」

「ご覧のとおりだ。俺が出来ることもねぇしなー。こいつが起きてくれれば問題なかったんだが、全《まった》く起きねぇ」

スマートは目を閉じてぴくりともしない。

そうしていれば等身大の人形のような愛らしさだ。

「……とりあえず、ここを抜けようか」

「なんだ、起こさねぇの?」

「うーん。……君の世界に戻ってからの方がいい気がするな。限定された術者以外がここで術を使うと、多分……」

「わかったわかった。やってくれ」

ギンガは大あくびをして、頭をぼりぼり掻《か》いた。

「王も、王妃も無事だよ」

それを聞いて、ギンガは複雑な顔をした。

少しの間のあと、

「そうか」

とだけ言った。

「変な女は」

サルドニュクスは答えない。口の端を上げた。

「おい」

返事がないことに不安になったギンガは、僅《わず》かに腰を浮かした。

「さぁ行こう」

サルドニュクスがそう言うと、ベッドごとギンガのまわりの景色が変わった。

「ギンガさん!!」

ぐしゃぐしゃの赤毛で。

眼鏡《めがね》で。

きったねぇ赤いドレスで。

生涯《しょうがい》最高にみっともねぇ女だなとギンガは思った。

でも、日向《ひなた》の鳥みたいな声で自分の名を呼んだから。

つい、笑ってしまった。

笑って言ってしまった。

「よう、ティルファ」

ティルファはぼろぼろ泣き出した。顎《あご》から涙が伝って胸元にシミを作った。

なんだ、泣くことなんかねぇのに。

「ホリィ、ホリィがぁ」

「おう、安心しろ」

その言葉に全員が驚いた。

「敵側の誰かがな、無精《ぶしょう》で助かったぜ。ベッドは一個でいいって話なんだろうな」

ギンガはベッドに土足で立つと、眠っているスマートをまたいで、ベッドカバーを上掛けごとめくった。

そこには階下にかかっていた絵と変わらない、健《すこ》やかで、すこしふくよかなホルイー姫が眠っていた。

「なんかの取引の材料にするつもりだったのかもわかんないが。無事だ。よかったな」

ティルファはその場でまた声を上げておんおん泣いた。

王妃がハンカチをまた渡してくれた。

王はギンガを見つめていた。

ギンガはその視線をあえて無視して、サルドニュクスに言う。

「……で、こいつら起きるか?」

「朝を待った方がいいかな。太陽の光で起きると思うけど」

「よし、じゃぁ、ちょうとベッドも二つあるし、俺はもうちょっと寝るぜ。なんか疲れたしなぁ。あとは明日だ。おい女、お前も寝ろ。キアは無事だろうな……って、何してる」

ギンガはティルファが鼻をかみながら自分のいるベッドに近づいているのを見て言う。

ティルファは鼻をかんで涙を拭《ぬぐ》い、言う。

「え、だって、寝ろって」

「あっちあいてんだろうが」

「つめてください。よいしょっと」

ティルファはベッドに乗り、ギンガの横に転がった。

「おい何してやがる!」

「疲れましたーなんかー」

「だから広い方で寝ればいいじゃねぇか」

王と王妃は立ち上がり、

「さてとあとは若いもん同士で」

とか、

「着替えましょう陛下《へいか》。私たちは私たちのベッドで」

とか、

「僕は怪物片付けなくちゃ」

とか口々に言いながら部屋を出た。

「待て！　おい！」

と縋《すが》るギンガの望みを絶つように、扉は閉められた。

「いいじゃないですか、ギンガさん。今日大変だったから寝ましょうよ」

「キアの面倒見てくるぜ」

と立ち上がろうとするギンガの服のベルトをがっしり摑《つか》んでティルファは半分寝ぼけたような声で言う。

「子守歌でも歌ってあげますから。寝ましょう」

おそるおそる見てみると、ティルファはもう半分眠っている顔で、でも、幸せそうに微笑んでいた。

ギンガはなんとなく腰を下ろす。

「……子守歌？」

「はい。得意なんです」

「お前、寝ちまいそうじゃねぇかよ」

「寝ませんよぅ」

ティルファはそう言い、ギンガはティルファの髪を撫《な》でてやる。荒れて、ささくれた自分の指がティルファの髪をひっかけないようにしながら。

「寝ろよ」

「こもりうた」

「今晩でなくてもいいじゃねぇか」

「そうですか?」

「ああ。今晩はいいよ。いつでもいいさ」

うふ、とティルファは笑った。

「じゃぁ、そうします……」

忽《たちま》ち、ティルファは寝息を立てる。

ギンガは言葉の意味に気がついて、ひとりで赤面した。

「キア?」

壁一枚向こうの廊下《ろうか》にキアの気配と呼吸を感じて呼んでみる。

ぶるる、と鼻を鳴らす音がした。

「いるのか。平気か?」

また、鼻を鳴らす音。穏やかに。

それを聞いて安心したギンガは、少しだけと思って横になった。

ティルファはベルトを摑んだまま離さなかったから、ティルファを抱き込むように丸くならざるを得なかった。

そうすると、ティルファの寝息が近くで聞こえた。

なんだ。

子守歌なんかいらねぇじゃねぇか。

そう思いながら、ギンガは眠りに落ちた。


サルドニュクスは王妃に聞いた場所、部屋に降りていった。

もう、夜明け前だ。

空が一番暗くなる。

けれど気の早い鳥が、何羽か鳴いていた。

人気《ひとけ》のない城の中で、灯《とも》された燭台《しよくだい》の火だけが燃えていく。

歩きながらサルドニュクスは自分が言ったことを思い出す。

「悲しいかな、八翼白金《はちよくはつきん》。僕らは退屈と孤独に倦《う》む人間という厄介《やつかい》な本性を持っている」

わかるよ。

君の悲嘆も、絶望も、千年後の僕のものかも知れない。

今はまだいい。

自分に関わりのある人間たちがいて、話が出来るうちならまだいい。

そのうちは孤独でも退屈でもない。

それに、サルドニュクスは気に入った人間に庇護《ひご》を与えたり、召喚《しようかん》に応じたりという退屈しのぎをすでに覚えていた。

けれど、それだけでは飽《あ》き足りなくなったとき。

自分は八翼白金の様になるのかもしれない。


まぁいい。


サルドニュクスは溜息《ためいき》を吐く。

そのころにはどうせ、誰も僕を知らないだろう。

誰も僕の行動に失望したりはしないだろう。

それを思えば、人間たちとの関わりは楔《くさび》のようだ。

そしてそれを失うことを自分はおそれている。

だから、スマート・ゴルディオンを八翼白金に渡せない。

彼は、人間たちとの繫《つな》がりそのもののような象徴だからだ。

「……ほんと、リオ・アースあたりで手を打ってくれないかな……パリスとか、ヴァデラッヅとかはやめておいて欲しいけど……」

彼が知る、時の環《わ》に触れた人間たちの顔を思い出す。

そうしているうちに、一枚の扉の前に着いた。

扉を開ける。ここがパーミルと怪物たちが産まれた研究室だ。

真っ暗だったので、廊下《ろうか》の燭台《しょくだい》を取って、手に持って中に入った。

そういえば、パーミルは何処《どこ》に行ったのだろう。

第十章　八翼白金団

プラティラウはギンガたちを空間に残したまま白いローブの下、鎖に通して首にかけたメダルを握りしめて呪文《じゅもん》を唱える。

忽《たちま》ちギンガの身体は空間を飛んで、上下の感覚もない本と寝椅子《ねいす》の八翼白金《はちよくはっきん》の空間に現れた。

「おお、来た来た」

先にいたらしいパーミルが、寝椅子に座って本を読んでいた顔を上げて言った。軍服が無惨《むざん》に斬《き》られ、血に汚れていたが、その下の肉体は無傷だった。

パーミルとは上下を違えて現れたので、プラティラウは上下と高さをパーミルに合わせる。

「お前、早いな。何やってたんだ？」

「ああ、黒いのに腹を斬《き》られてね。血も足りないし劣勢も見えたから帰って来ちゃった」

ふふ、とパーミルは本を閉じて笑う。

「なあ、プラティラウ。テーブルとか椅子とか出してよ。八翼白金様の寝椅子はなんだか居心《いごこ》地《ち》が悪くてさ。怒られそうで」

「うん」

言うとプラティラウは軽く手を振る。その軌道に合わせてテーブルと背の低い安楽椅子が現れた。

「ありがとう」

パーミルは本を持ったままその椅子に移動し、ゆったりと座った。

「どうだった?」

プラティラウが静かに問う。

「何が?」

「世界」

「ああ」

パーミルは考え込んだ。肘掛《ひじか》けに肘をつき、細い指を頬《ほお》に当てて唇を尖《とが》らせる。

「……私はあなたに命をもらったようなものだよね。それは覚えてる。ガラスの瓶《びん》の向こうのあなたの姿」

微笑《ほほえ》んで、プラティラウは言った。

「うん。少しだけ、俺はお前を作る手伝いをしたよ。少しだけ。……方程式が少し間違ってたんだ。あの世界じゃあれが限界だったろうと思う。あの怪物たちも、できあがってたけど外には出せない出来だったもんな。空気に触れれば崩《くず》れるとか、それじゃ仕方ないから俺があれは魔法をかけて動かせるようにしたんだけど、お前はそうじゃない。お前は人間と変わらないよ」

「いくつかの点で違うけどね。治癒《ちゆ》能力が高いとか、栄養が血液だとか。あはは、私の寿命《じゆみよう》はどれくらいなの？」

「わからない」

パーミルは肩を竦《すく》めた。

「ま、いいよ。自分で確かめる。……覚えてるんだよね。あなたが来てくれるまでの自分の意識」

「……なんて？」

「世界を知りたいと願ってた」

言って、パーミルは両手を軽く開いてみせた。

「だから、この先どんなことがあっても、私はあなたを恨《うら》みはしない。感謝はするけど甘えはしない。……ただ、一応教えて欲しい。私はどうしたら死ぬんだ？」

「……怪我《けが》では死なない。そのことを訊いてるんだろ？」

「うん」

「まあ、そうだな。お前の治癒能力を阻《はば》まれれば怪我でも死ぬだろうし、身体を分断されても死ぬかな。毒はどうだろう。病気も可能性は高いしな。老化が早いかもしれないし、明日が寿《じゅ》命《みょう》かもわからない」

「……わかっていることは？」

パーミルは焦れた様子もなく訊いた。

「八翼白金様が、お前を供に望んでいないことを考えれば、お前の寿命はそう長くない」

淡々とプラティラウは言う。

「それは、よかった。八翼白金様の供なんて真っ平だ。私は、したいようにしたいから。……でも、この姿でいきなり生まれてきたので、とりあえずの自意識を、八翼白金様に依ろうとは思っているけど。それも、どこまでかはその時々で決めるし」

「うん、それがいい……俺は、ほんの少しだけ魔族だから便利に使われてるけど」

「全部魔族だとどうなるの？」

「だから十六翼黒色《じゅうろくよくこくしょく》にもクラクラしちゃうからさ。役に立たないだろ。俺なんかまだいい方だけど」

パーミルはニッコリ笑う。

「そこで私の出番というわけだね。嬉しい。……でもそうすると、もう一人くらい欲しいかなぁ？　魔法が使えるけど、黒いの相手には使えないあなたと、魔法が効かないし、黒いのにも惹《ひ》かれないけど、魔法が使えない私。もう一人、人間がいいかな？　そう、あいつらに縁《ゆかり》の人間がいいな。魔法は使えても使えなくてもいいけど。意識を縛《しば》ったり出来る？」

　くすりとプラティラウは笑う。

　何か思い返したようで、少し長くクスクス笑っていたが、やがてパーミルに頷《うなず》いた。

「出来るよ」

「そうか。そしたら、これをあげてさ」

　パーミルは胸から下げたメダルを指す。ここへ戻ってくるための大事なメダルだ。

「私たちの仲間になってもらおう。そうだ、これに出てきたんだけど、旗とかマークとか作ろうか。おもしろそうじゃない？」

　手に持った本を開いてその箇所《かしょ》を探すパーミルに、プラティラウはあからさまにいやな顔をした。

「いや、いい、俺はそういうの」

「いいじゃない、きっと八様《はっさま》も喜ぶよ」

　プラティラウは一瞬言葉と呼吸を失った。

　何？

「何？」

　何とか言葉が出た。

「ん？　だって長いじゃない」

「あ。……ああ、うん……そ、そう……だな」

八翼白金様は怒るかな。いや案外喜ぶかも。プラティラウは少し考えたが、とりあえず考えないことにした。

「八様が戻られたら、呼んでみようよ」

「俺がいないときにしてくれねぇか」

「どうして？」

パーミルがきょとんと訊《き》いてきたので、プラティラウは黙った。

まずい。

俺、こいつと気が合わないかもしれない。

でも、そんな事言ったってな……。

どこかの世界で友達作ろうかな……。

なんか人生生きにくい。八翼白金に拾われるまでは普通の生活をしていた。貴族の三男坊で、家族の誰とも似ていなかったが魔法の才能だけはあったから、まわりの全部を見下して生きていた。別にそれでよかったのだが、それはそれで生きにくかった気もする。

「あのな、パーミル」

「何？」

「生きるのって、結構しんどいぞ？　生きていれば幸福ってわけじゃ」

「私は幸福のなんたるかも知らないし、不幸のなんたるかも知らないけど。でも、ガラス瓶《びん》の中から出たかった。それだけだから、今は満足さ」

パーミルは本の山を見て、色彩の豊かな雑誌を見つけ出して椅子《いす》から降りてそれを取ってきた。

美しい人間たちが、美しい服や奇矯《ききょう》な服を着て写っている雑誌だった。

「ほら、だってガラス瓶の中じゃこんなものも見られないし。私は世界が欲しかった。ここにいるというのは、それだけで世界を手にしているのと同じことさ、私にはね。……たとえば、そうだなぁ、誰かに化け物と呼ばれたとしても、その化け物の力で何かできるならいいし。雨に降られたとしても、それを知らないよりはいい。……なんというかな。それで私はより人間に近づける。私は人間に形が似ているから、人間のことを知りたいよ」

プラティラウは黙ってパーミルの話を聞いていたが、やがて声を上げた。

「おお。……すごいな、パーミル。人間みたいだ。しかも立派なの！」

「えっほんと!?　やった!!　別に立派でなくてもいいけど、褒《ほ》めてもらえると嬉しいな!!」

「おお、すごいすごい!!　素晴らしい思考展開だ、パーミル!!」

そんな和《なご》やかな雰囲気《ふんいき》をぶちこわすように、空間が大きく波打った。

上下感覚が失われ、パーミルとプラティラウは空間の中で翻弄《ほんろう》される。

空間全体が大きく揺れ、やがて落ち着いていく。

パーミルとプラティラウはなんとなく手を繫《つな》ぎ、ゆっくりと寝椅子《ねいす》に近づいていく。

そこには八翼白金が翼をだらしなく広げて座っていた。

二人は手に手をとって及び腰で近づく。

「八翼白金、様？」

パーミルはプラティラウの後に隠れてちょっと押した。

プラティラウはパーミルに非難の目を向けて、それでも一歩近づく。

「あ、あの……」

八翼白金は勢いよく顔を上げて、歯ぎしりをした。

「おのれ十六翼黒色ぅううう……!!」

パーミルとプラティラウは素早く可能な限り離れた。

「やはりもっとこってんぱんにしてやらなきゃダメだな……！」

「え、どうするんですかそれ」

「しっ！」

パーミルが思わず言って、プラティラウが制した。

「くそ、ここに空間作っておいてよかった!!　でなきゃどこまで飛ばされてたかわからん!!

くっそーあの三翼銅《オッサン》もなんで黒いのに肩入れするんだよ!!　あー我も募集しようかな!!　我に肩入れするオッサンとかオバハンとか募集しようかなー!!」

かわいくないからそれは応募ないと思う。

そうプラティラウは思ったが、言わなかった。そこまで無謀《むぼう》でもない。

「ハーイ八様ー！」

パーミルが手を挙げた。

プラティラウは、あっバカと止めようとしたが遅かった。

「なんだパーミル。あと八様って我のことか」

「はいっ、敬愛を込めて愛称を！　いかがでしょう」

八翼白金は少し考えて頷《うなず》いた。

「よし。ちょっとかわいいからな」

「えー‼」

言ってしまってからプラティラウは両手で自分の口を押さえた。

なんだ基準がよくわからん。なんだなんだ。

「なんだよプラティラウ。かわいいだろう、我」

「はっはいっ可愛《かわい》らしいです。八様っ」

「なんかお前にいわれるとむかつくな。ダメだ、お前はダメ。それで、なんだ？　パーミル」

えぇー⁉　何故だ⁉

プラティラウは思ったが、今度はちゃんと声を出す前に口を押さえた。

「はい、先ほどまでプラティラウと話していたんですけど、私たちにはもう一人くらい味方が必要ではないでしょうか。魔族ではなく、出来れば人間の。さらに言うなら、黒いのとスマート様に縁《ゆかり》の人間などはいかがでしょう」

「あっ、いいじゃんそれ。へっえー、パーミル頭いいじゃない」

「うわぁありがとうございます」

うふふとパーミルは笑い、両手を合わせて頰につけた。

プラティラウは猛烈な疎外《そがい》感とパーミルの表裏に少し落ち込んだ。

「出来れば、もともと彼らに敵対する人間がいいかも知れませんけど、八様なら意識を縛《しば》ることも簡単でしょう?」

「ああ、いや、それは出来ん」

「え?」

意外な言葉にパーミルは驚く。

「人間の意識を縛るのは、魔王には……出来なくはないが、すごくすごく面倒くさいんだ。魔王は何でもできるが、不自由なことも多くてさー。だいたいそうでなかったらプラティラウなんか飼わないよ。そういうのはプラティラウは上手《うま》いからさ」

褒《ほ》められてるんだかけなされてるんだかわかんねぇなとプラティラウは思い、変な笑いが口元に浮かんだが気にしているものはいなかった。

「では、それはプラティラウにやってもらうとして」

それにしてもパーミル、なんで俺のこと呼び捨てなんだろう。

自分なんか愛称つけたらまちがいなく『パー』なくせに。

「うん、そうだな。それはいいかもしれない」

「……じゃぁ召喚《しょうかん》の魔法陣作りますから八翼白金様、ちょっと設計してください……縁のあるのって、どういう範囲設定すればいいんですか。俺わかんないんで」

「っあー!? めっんどうくっさいなー!! 我疲れてるのに！ もうお風呂《ふろ》入って寝たーい！ あっそろそろ我ってば寝る時期？」

風呂に入るにしろ人間の振りをしなくてはいけないくせに、羽毛もふもふさせて何言ってるんだろうと思いながらプラティラウは律儀《りちぎ》に答える。

「ええと、八翼白金様のそれは周期があるわけじゃないんで……あるんですか？」

「我がそんなもん気にしてると思うか？」

「知りません。訊《き》かれれば思いませんっていう返事ですけど」

「お前つまんないなー!!」

ばっさり言われて結構傷ついた。

「私やることありますかー？」

パーミルが可愛《かわい》らしく片手を挙げて言った。

「ああ、うん、その格好じゃかわいそうだな。ヘソまで見えて」

「黒いのにやられたんですようくっすん」

なんかパーミルって八翼白金《はちよくはっきん》の前だとイラッとするなとプラティラウは思ったが、ともあれ、積まれていた本の間から画帳を見つけて引っ張り出した。

「八翼白金様、お願いします」

白いページを開き、差し出す。

八翼白金がそのページをゆっくり撫《な》でると魔法陣と方程式が現れた。

プラティラウはそれを見てげんなりして呟《つぶや》く。

「うわ、めんどくさ……」

「我やろっか」

「八翼白金様、雑だからいいです」

「なんだお前かわいくないなー！　いいよもう！　どっかで人間のふりして温泉入ってくる！　パーミル一緒に行こう！　服も作ってやるから！」

「あっはーい」

どこいくムフフと雑誌を見て行くところを選び、二人はいなくなった。

なんだか、パーミルを作った意味がないような。

余計な苦労を背負い込んだような気分にプラティラウはなったが、それでも椅子《いす》に座り、画帳を開き、空間からペンを取りだして魔法陣を作り始める。

この空間ではつまり、イメージが物になる。ちょっとしたコツと魔法は必要だが、水も食事も作り出せる。ただ、それはイメージだから摂取《せっしゅ》は出来ない。した気になるだけだ。

だが、本もペンも紙も外に持ち出さなければ実在しているのと同じことだ。

本の正体は情報だし、ペンと紙の正体は思考の整理と表現だ。紙やインクは媒体《ばいたい》でしかない。

プラティラウは自分の持っている全《すべ》てを紙に書き込む。

知識、情報、そして新しい魔法。

もともとある召喚の魔法陣。それに今渡された物を加えて再構成する。

楽しい。

この瞬間は、プラティラウの中には興奮と恍惚《こうこつ》だけしかなかった。

プラティラウは純粋に、魔法が好きだった。

けれど、誰にも理解されなかった。プラティラウのいた世界では、魔法は異端の技だった。

八翼白金に出逢《であ》って、魔法を自由に使えて、魔法の知識を深めていける。

それはとても幸せだった。

だが、八翼白金の
「愛とか体現してよー」

という注文が事態をややこしくした。

ローラントの女王を思い出すと、恥ずかしくて死にそうになる。好きでもない女を追いかけ回した。そして逃げられた。恥辱《ちじょく》だ。いや、少しは好きだったのだろうか。もうわからない。

プラティラウは頭を振ってローラントの女王のことを追い出す。

集中する。

どれくらい時間がたったか判《わか》らないけれど、魔法陣はできあがった。

「……出来た……！」

満足の息を漏《も》らすと、派手な色彩と柄のドレスを着たパーミルと、さっぱりした顔の八翼白金が画帳を覗《のぞ》き込んできた。

「どれ」

「あー私全《まった》くわかんないですねーこれ」

髪飾りまでつけたパーミルが言い、八翼白金はふむふむと見て言った。

「なるほどなるほど。ん、いい出来だ。イマイチ範囲が曖昧《あいまい》だが、なんていうか、相手の名前もわからないから仕方ないなー。よくやった、プラティラウ」

言って八翼白金は笑った。プラティラウはこそばゆくなる。

「じゃぁこれ転写するから。起動式は我がやろう。ワーイ面白そうだなっと！」

あっそれは俺がしたかったのにとプラティラウは言いかけたが、やめた。魔力が大きいもののほうが確実だし。

「下界じゃ四日ほど経過してたよ。この空間は排泄《はいせつ》も摂取もしなくていいとはいえ、疲れただろう。おみやげ。はい」

パーミルに、透明な瓶《かめ》に入った水と、籠《かご》に入った弁当を渡された。疲労に気がついて、礼を言う。召喚が終わったら、ちょっと自分も下界でのんびりしよう。温泉か、いいな。俺も行こう。山とか海とか。身体伸ばしてベッドで眠ろう。

思いながらプラティラウは水を飲み、八翼白金が自分が描いた魔法陣を画帳から宙に浮かせ、大きくして床に貼り付ける様を見ていた。

こうしてみていれば八翼白金も魔王っぽいのにな。

魔法陣が完全に床に貼り付き、八翼白金が羽根を一枚取ってその中に落とした。

「さ、来なよ。スマート・ゴルディオンに縁《ゆかり》のもの。我のもとに。我のものになりに！」

羽根が魔法陣に触れると、あたりは白金色に輝いた。

星が小さく弾けて、はしゃいでいるようだ。

「綺麗《きれい》」

パーミルが言った。

「そうなんだよ」

プラティラウが答えた。

いつも自分だけしか八翼白金の魔法を見なかったから、これが言い合えて嬉《うれ》しかった。

星の光が眩《まぶ》しくなり、視界が奪われる。たまらず目を瞑《つむ》り、やがて目を開けたら、魔法陣はなくなり、変わりに一人の少年が横たわっていた。

金色の真っ直ぐな長い髪を後で結び、眼鏡《めがね》を掛けていた。服は紺《こん》色の長衣で、飾りのものらしい帯を肩にかけている。パーミルとプラティラウも足音を忍ばせて寄り、覗《のぞ》き込む。

「八翼白金様、起こして下さいよ」

プラティラウがおそるおそる言い、八翼白金がふんぞりかえる。

「やだ、我、加減下手《へた》なんだもん」

「水ちょっとかけたら?」

パーミルが言って、プラティラウはあ、そうかと頷いた。

手に持った瓶《かめ》を傾けて、少年の唇に少し注ぎ込んだ。

少年は僅《わず》かに動き、それから八翼白金に向かって盛大にくしゃみをした。

それから目覚めて起き上がり、本能的に口元を手のひらで拭った。

「あれ……?　式典は?」

八翼白金は顔も拭《ぬぐ》わずに少年に笑いかけた。パーミルが慌《あわ》てて、プラティラウにハンカチとかタオルとか出してとせがみ、プラティラウが性急に頷《うなず》いて八翼白金にハンカチを差しだした。

ハンカチで顔を拭いて八翼白金は言う。

「初めまして。我は八翼白金。魔王だ」

「ああ、どうも……っくしゅっ！」

「驚かないのか？」

「若いのにいろいろあったクチで……えーと、召喚されたのかな？　応えてないんだけど」

ほう、と八翼白金とプラティラウは感心した。

「よく知ってるな」

「まぁね。あと、えーと、多分名前を訊《き》かれると思うから名乗るね。僕はサファイヤ。サファイヤ・ジェムナス・トードリア。ちょっとそのハンカチ貸してもらっていいかな？」

手渡されたハンカチを口元に当て、サファイヤはまたくしゃみをし、榛《はしばみ》色の目に浮かんだ涙を眼鏡《めがね》を押し上げてハンカチで拭った。

あとがき

こんにちは。野梨原花南《のりはらかなん》です。あとがきです。

近況です。PCが壊れました。そしてこれは古い古いノートPCで書いているのですが、のりはらかなんを単語登録してなくてびっくりしました。

海苔《のり》はらか何《なん》ってちょっと。

そういえば昔、このPCで海苔のこと調べたっけな……。と、遠く思い出しました。

近況どころじゃないですね。

実況ですね。

キーがぺこぺこしてて打ちにくくて腰痛に来ます……。

キーボードは実用品なので贅沢《ぜいたく》をして、高いのを使っているのですけれど、先日牛乳をこぼしてしまい毎日お祈りをしながら打っているのですが、それでもいいから復帰したいところです。

ちなみにマシンスペックとやらは知りません。

ちょっとネット出来て文字原稿が書ければいいだけなので、いろいろいらないのです。

メールとネットショップとネットバンクはすごく便利ですね。

先日、銀行窓口に行ったらたまたま月末で、倒れそうにイライラしました。待って待って窓口の男性につかみかからんばかりの私。そして見計らったように失敗してくれる窓口の方。私の一つ後の番号券を持って、私と一緒《いっしょ》に窓口の男性につかみかからんばかりだった高齢のご婦人。がんばれ窓口の男性。

私は私で自由業なんだから月末になんか行かなきゃいいのですが、原稿終わるまでと思っていたらうっかりその日になってしまったのです。案外自由じゃないです自由業。

あっ新しいマシンはネットで買って玄関先にもう転がってるんですが、セットアップしてる時間がなくてですねぇ。

自由業……。

ああ、そうだ。

このシリーズのあとがき名物朝顔《あさがお》なんですけど、ベランダの補修で工事入ったら枯れました。

案外すごく悲しくて、しょんぼりです。

ニュー種はもう買ったので、ブランニュー朝顔をやってみたいと思います。カモン双葉《ふたば》。

えーと、内容ですが、

「思いついたことを我慢できないっていうのは年だよねぇ」

とか、

「訊《き》いていいかしら？　それ誰が楽しいのかしら？　少女小説って、出てくるすてきな男性にドキドキするんじゃないかしら？」

とか、

「聞いて聞いてー！　今回の話ねぷはは」

と、思いついて自分で受けて話した私に、私に近しい人が半笑いでもう言ってくれているので、そのね……。

昔から思いついたことは我慢できないタチでした……。

え、ええと、私は楽しかったです……。

しかし書いていてつくづく、スマートの位置にヒロインを配していればなぁ……じじぃではなぁ……と、思いましたが、スマートでなければだめなのかもしれません。わかりませんが。

今回最後に、前のシリーズの主人公格である人が出ました。誰にしようかなと思ったのですが、あのひとにしました。

前のシリーズを知らない方でも平気と思います。今のところ出ただけだし。

白組もメンバーが揃《そろ》ってきて、にぎやかです。黒組はどうなるんでしょうね。

私も書いてみないとわからないので、楽しみです。

今回も素晴らしい挿画をくださった宮城《みやぎ》とおこさん、ありがとうございました。

それでは、あなたさえよければまた、お会いしましょう。

二千八年

野梨原花南

※この作品はフィクションです。実在の人物・団体・事件などにはいっさい関係ありません。

この作品のご感想をお寄せ下さい。

野梨原花南先生へのお手紙のあて先
〒101―8050 東京都千代田区一ツ橋2―5―10
集英社コバルト編集部　気付
野梨原花南先生

のりはら・かなん

11月２日生まれ蠍座Ｏ型。賞も獲らずにデビューし、売れもせずにほそぼそとやってきた小説屋が、開業16周年を迎える（2008年時）ことを心底不思議がり、ありがたがっている今日この頃である。
著作はコバルト文庫に『ちょー』シリーズ、『ちょー企画本１・２』『逃げちまえ！』『あきらめろ！』『都会の詩　上巻・下巻』『居眠りキングダム』『王子に捧げる竜退治』『占者に捧げる恋物語』『僕に捧げる革命論』『ヘブンリー　君に恋してる』『ヘブンリー　あなたに腹が立つ』『よかったり悪かったりする魔女』シリーズなどがある。

首領に捧げる子守歌

COBALT-SERIES

2008年６月10日　第１刷発行

★定価はカバーに表示してあります

著　者　野梨原花南
発行者　礒田憲治
発行所　株式会社　集英社
〒101－8050
東京都千代田区一ツ橋２－５－10
(3230) ６２６８（編集部）
電話　東京 (3230) ６３９３（販売部）
(3230) ６０８０（読者係）

印刷所　大日本印刷株式会社

ISBN978-4-08-601168-6 C0193